U0432236

看詩不分明

（增补本）

潘向黎 著

图书在版编目（CIP）数据

看诗不分明：增补本 / 潘向黎著. —北京：生活 · 读书 · 新知三联书店，2017.10 （2020.11 重印）
ISBN 978－7－108－05966－6

Ⅰ. ①看… Ⅱ. ①潘… Ⅲ. ①古典诗歌－文学欣赏－中国－文集 Ⅳ. ① I207.2−53

中国版本图书馆 CIP 数据核字（2017）第 114046 号

责任编辑 张 荷
装帧设计 蔡立国
责任印制 肖洁茹
出版发行 生活 · 讀書 · 新知 三联书店
（北京市东城区美术馆东街 22 号 100010）
网 址 www.sdxjpc.com
经 销 新华书店
印 刷 河北鹏润印刷有限公司
版 次 2017 年 10 月北京第 1 版
2020 年 11 月北京第 2 次印刷
开 本 787 毫米 × 1092 毫米 1/32 印张 9.5
字 数 160 千字
印 数 10,001－13,000 册
定 价 33.00 元
（印装查询：01064002715；邮购查询：01084010542）

目录

看诗不分明——写在前面

几年前写过一些和古诗有关的小文章，总题目叫作《看诗不分明》。后来有读者来信问我这是什么意思，说来惭愧，我都不记得我是怎么回答的了，甚至不确定我是否回答了——因为我写作一向毫无计划性可言，“不分明”了一阵子之后，又写起小说来，根本不“看诗”了，完全进入另一个心理时空，每逢这种时候，我会暂时性失忆，以前写过的好像与我无关，只有说到我正在关注的方面，我才会两眼发亮滔滔不绝。记得那个读者来信时，我的感觉是：什么“看诗不分明”？谁写的问谁去。但是，后来又不写小说了，不知什么时候我开始怀念那段“看诗”的时光，那是真正的有滋有味，让人觉得“是个中国人真好”甚至“活着真好”的时光。于是，我又在《新民晚报·夜光杯》上再续前缘，专栏就叫《看诗不分明》。现在承蒙生活·读书·新知三联书店的雅意结集出版，趁此机会，把这几个字的意思稍作解释，一则让新的读者有所了解，二则也是有言在先，请多包涵的意思。

最初想到“不分明”这三个字，是因为《子夜歌四十二首》里“雾露隐芙蓉，见莲不分明”。我喜欢这一句。字面上就有画意，水雾缭绕之中，荷花若隐若现。当然这里“莲”是“怜”的谐音，诗的意思是在揣测心上人的心意，觉得对方对自己的感情还不够明确，将恋爱中那一种盼望夹杂忐忑的心情也写得很生动。字里行间弥漫着江南的烟水气，充满了若隐若现的朦胧之感。雾气之中的荷花，若有若无的情愫，同有一种“不分明”，但比起映日别样红的荷花、两情似火的热恋，自有一种微妙、含蓄，因此另有一番动人心处。

后来陆续想起，《红楼梦》里曹公借黛玉之口吟出“和云伴月不分明”（《菊梦》），至于“一场春梦不分明”则是反复出现在多位诗人笔下，包括纳兰容若在内。

用这几个字并无深意，首先，这是一句大实话。我对古诗是纯业余的热爱，我的“看诗”也是与学术研究无关的自说自话，自知才疏学浅，诗词格律、古代历史、古典文艺理论等方面都未入门，所以读诗难求明白透彻，虽有感触，也往往抓住一点，不及其余，“不分明”处在所难免，还望读者诸君多多包涵，并不吝教我。

第二，就诗本身来说，“诗无达诂”，某种意义上说“看诗”从来就允许“不分明”。我认为非学术的欣赏是允许“断章取义”的，而且断章取义比知人论诗更容易获得阅读的乐趣和单纯的感动。况且有一些诗作的底蕴本来就很难分明（比如李商隐的许多名作），即使努力探究也无法“分明”，不如就将“不分明”当作构成其魅力的一部分。还有，对诗的理解，常有“作者未必然，读者何必不然”的现象，读者不一定追随作者的构思和预想，往往生发出自己的感触和联想，很难绝对“分明”。

第三，有时，误会也有误会的美。有些感动正是缘于误会。记得席慕蓉有一篇散文，说她的父亲一直把《送别》（也叫《骊歌》）的第一句“长亭外，古道边……”听作了“长城外，古道边”，以为写的是他的家乡，所以多年来很感动，从女儿口中知道了正确答案，反而很懊丧。后来，席慕蓉自己发现多年来一直喜欢的“燕子”原来不是燕子，而是乌秋时，体会到了父亲的失落心情。她说：“有的时候，我们实在也可以保有一些小小的美丽的错误，与人无害，与世无争，却能带给我们非常深沉的安慰的那一种错误。”我赞成她的这个观点。读诗的感受，即使有的是由误解带来的，也仍可珍惜，人生苦短，一瞬间的心动也是好的。

人生在世，黑白要分明，爱憎要分明，泾渭要分明，赏罚要分明，但是看诗，可以不分明。再说，隔着迢迢的时光和历史的烟尘，多少真相已经无法分明，何况于诗！

现在的日子太忙太紧太实用了，有时让人觉得活得有点可怜。背对潮流坐下来，静静地读读古诗，如何？

可忍，可不忍

国人尚忍，由来已久矣。

著名的韩信受胯下之辱，因为忍的人后来成就非凡，格外证明了忍的必要，忍的正确。这种以成败论英雄、以结果论是非的思维并不可取，而且我总是疑心，这是一种怯弱的本性在寻找冠冕堂皇的借口。

其实阿 Q 很得了忍辱的真传，只可惜他没有实力和机会成就任何事业，所以他成了天下笑柄。

但是在传统文化里，作为一种修身养性，自我约束，“忍”比起“放”“任”更是必修课，而且层次高，比起“怒发上冲冠”，比起“冲冠一怒为红颜”，在个人修为上可得的学分多得多。

《古诗源》卷一“古逸”里有几首短诗，其一是《矛铭》：

造矛造矛，少间弗忍。终生之羞，余一人所闻。以诫后世子孙。

（读时总觉得句断标点有点奇怪，“少间弗忍”后面好像应该用逗号，“终生之羞”后面才用句号。但是也管不了那许多了，学问自有人专门去做，我等无知闲人取其趣要紧。）说的是忍了一时的怒气，免得引来终身的羞辱。

用它来作矛这种兵器的铭，在今天看来，倒有一些和平主义的色彩。自古兵者为凶器，能不用就不用的好。这是劝人忍的。

无独有偶。还有一首《书锋》，所谓锋，应该是指刀剑一类利器。

“忍之须臾，乃全汝躯。”

忍得了一时，才保得了一世。但是直接的意思是保你的身躯。这是谁的身躯呢？如果理解成这八个字是题刻在刀、剑上，是人对刀说的话，那么这可以理解成是刀的身躯。《倚天屠龙记》里，倚天剑和屠龙刀互相对击，不就都毁了吗？宝刀宝剑也有值得珍惜的身躯。当然更常规的理解是对人说的，就是对人的告诫，成熟的长辈对晚辈说的，理智的人对鲁莽的人说的，或者平时清醒的自己对热血上涌的自己说的。

这是心头火起怒不可遏，利器出鞘十万火急的关头，最后的喝止。

如果对这声喝止还是充耳不闻，那么可能血溅黄土，伏尸一人（攻击敌人），也可能揉碎桃花红满地，玉山倾倒再难扶（自我了断），也可能流血五步，天下缟素（除暴君或弑明君）。

这两首诗意思相同，都是劝人修“忍”，有小不忍则乱大谋的意思。但是所谓的大谋，不是什么天下苍生，或者文明传承——像嵇康一死，广陵散从此绝矣，那样的生命是值得用忍去保全的，但是那种人往往都不能忍，不肯忍——那么大谋到底是什么呢？或者说忍来忍去，所为何来？无非是手脚齐全地活着，就是诸葛亮说的“苟全性命于乱世”，如此而已。

这样的忍也可以理解，值得同情，并且最多可怜而并不可耻。但是一则没有多大的意思，二则那有限的意义还纯粹限于个人。所以，属于可忍，也可不忍。如果天下大乱，盗匪横行，外敌入侵，需要人人携刀携剑才敢出行，遇到危险拔将出来，还想起先祖遗训要“忍”，那样的人生，还叫什么人生？那样的性命，保全来干什么？那次第，不能杀贼，自杀便了。

不可忍

但是古人也自有“不可忍”在。因为这个，我们才在几千年后，遥遥地向他们行注目礼。

请重温一遍《渡易水歌》:“风萧萧兮易水寒，壮士一去兮不复还。”今天读它，我仍能清晰地听到易水边那萧萧的风声，和那个叫作荆轲的侠士苍凉的歌声。在我看来，不是他在秦王殿上屡击不中的那几个动作，而是他的这首歌，使他作为一个人得到了永生。秦始皇那个暴君，哪是什么千古一帝？倒是荆轲，称得上千古一侠。

但是这个侠，他的肉身，本来也许不是这样的下场。他答应了燕太子，要去刺秦，但是他没有马上起程。豪侠重义，并不等于他天生喜欢送死，他也本能地希望制订更周密的方案，使自己有哪怕微小的可能生还；重然诺爱名节，更使他希望增加刺秦成功的胜数。而这一切几乎是“不可能的任务”，但是他的使命，是在不可能中找出可能来，这些都太困难，太费心思，所以他拖延了下来。而燕太子丹不理解，他开始催促，一再催促，并且开始怀疑荆轲是不是因为对虎狼之秦的恐惧，而有意拖延时日。

用人不疑，何况是对一个以生命承担诺言的侠士。怀疑，是荆轲不能忍受的。于是他起行了，直接奔赴死亡而去。死亡是可以忍受的，诚信的失去是不能忍受的，对人格的怀疑是不能忍受的，这就是荆轲用行动告诉我们的，一个简单的价值观。

这么“傻”的还不止荆轲一个人，还有一个渔夫。

请听《渔父歌》：

> 日月昭昭乎寖已驰，与子期乎芦之漪。
>
> 日已夕兮，予心忧悲。月已驰兮，何不渡为？事寖急兮将奈何？
>
> 芦中人，其非穷士乎？

这首诗显得很急促——是一种催促，也是一种呼唤，呼唤迷失的人性。

根据《吴越春秋》记载，伍子胥逃往吴国，后有追兵。在江上遇到一个渔父，向他求救。渔父将他渡了过去，伍子胥藏身芦苇荡中，渔父看见他面有饥色，就说去给他拿点吃的来，伍子胥起了疑心，当渔父拿来饭菜，他却躲进了芦苇深处。渔父于是“歌而呼之”。

“芦中人，其非穷士乎？”这个“穷”，应该是日暮途穷的“穷”，是无路可走的意思，但是在这里好像有更深刻的意味。那个有求于人，靠别人冒险相救，还无端猜疑对方的伍子胥，不但当时的处境十分可怜，而且心态阴暗，做人做得没有一点意思，真个只有一个“穷”字来描画他。在渔父的一再呼唤下，在饥饿求生的本能催促下，伍子胥从芦苇丛中出来了，吃完渔父送来的饭，生存危机暂时缓解，政客的本能又抬头了，先是“解百金之剑以赠”，这是将情义商品化的举动，渔父当然不接受。他又自作聪明地问渔父的姓名——他认为对方不要谢礼，一定是希图钱财之外的好处，等他日伍某人得了天下，给你弄个团长旅长当当。“渔父不答”。这是伍子胥的价值观不能理解的，也是大多数世俗中人不能理解的了，所以他大惑不解，进而疑心更深，反复叮嘱对方要保密，不要泄露他的行踪。“渔父诺”。

“诺”的意思很简单，就是“答应”，他答应了。但是这个答应的代价却让人不寒而栗——伍子胥走了几步，渔父就自己把船弄翻，沉入了江中。这一诺，不止千金，竟是与生命等重。

曾经很不明白，即使救了伍子胥，看到竟是这样不知好歹的人（有点像农夫和蛇），而且一再侮辱自己，渔父为什么要答应？为什么不生气，不怒斥，不径自离去？

现在我开始明白了，或者说自以为明白了：那一刻，渔父是看到了人性本质中最丑陋的东西，在他毫不设防的情况下，尘世的肮脏劈头盖脸地掩杀而来。他的心，灰了，死了。

这样的大义凛然，这样的亮烈难犯，这样的不屑一顾，这样的深哀大痛。我相信那绝不是一个普通的渔父，而是一个隐士，他坚守着自己的信条和清洁，也坚守着无边的寂寞，当他看到伍子胥，这个被追杀的人——那时伍子胥的神情一定很仓皇吧？他不禁动了恻隐之心，就是这恻隐使他的心打开了门，处于没有防备的境地。也许，他还以为这是上天送来一个可以彼此明白的人，好给他寒冷的生涯带来一星温暖。但是他错了。当他离开炎炎功利，烹油浊世，那种寒冷已经注定是永远的了。对不同境界的人，任何解释都只能带来误解，而且需要这样的人来理解是何等无聊，所以他什么都不说了。

只用最后的行动还击了对清洁的怀疑与诬蔑。

江水滔滔，天地无言。

失去性命是可以的，但是对人格的怀疑是不能忍受的。又是一个简单的价值观。

然而正是这个简单的价值观，让我在生死相隔、苍苍茫茫的两千余年之后，战栗汗出，冰炭置肠，废然掩卷，悲从中来。

爱情和人生，谁短谁长？

读《古诗源》，《越人歌》是我们遇到的第一首描写爱情的诗歌："今夕何夕兮，搴洲中流。今日何日兮，得与王子同舟。蒙羞被好兮，不訾诟耻。心几烦而不绝兮，得知王子。山有木兮木有枝，心说君兮君不知。"

"鄂君子皙泛舟于新波之中，乘青翰之舟，张翠盖，会钟鼓之音，越人拥楫而歌。"（刘向《说苑》）在水上，在夜里，越女遇到了鄂君，用这首歌向他表白了爱情。第一句就是"今夕何夕兮？"今天是什么日子啊？一句突如其来的问话，写出了遇到意中人时的惊讶、狂喜，难以置信。

因为"得与王子同舟"，越女决定抓住这个珍贵的机会，不顾羞怯和他人的非议，于是她向意中人这样唱道："山有木兮木有枝，心说君兮君不知。""说"通"悦"，就是喜欢的意思，这句的意思就是：我心里喜欢你你却不知道。多么可爱的表白，婉转，但是率真、直接，又带着几分焦急和无奈。根据《说苑》记载，鄂君被打动了，“乃揄修袂行而拥之，举绣被而覆之”。幸运的越女，终于得遂心愿，虽然此后等待着她的，可能是无尽的相思和世人的嘲笑唾骂，但是当爱情来的时候，她是那样自主，丝毫没有迟疑，她明知后果，但是没有恐惧。为了换取爱情的一刻停留，她是用自己所有的一切去换取的。

《风土记》里说：“越俗性率朴。”从他们对待爱情的态度上看，确实如此。

不分地域的是，古时的女性对爱情的坚贞。《乌鹊歌》中所谓：“南山有乌，北山张罗。乌自高飞，罗当奈何？乌鹊双飞，不乐凤凰。妾是庶人，不乐宋王。”真是掷地有声。

这首诗的作者是一位美丽的女性，她的丈夫是宋康王的舍人，宋王看上了她，抓了她丈夫，又筑了青陵台，威逼利诱，要使她就范，她就用这首诗表明了自己的志向，然后自缢而死。这是用生命写就的诗篇，写下的是对爱情的坚贞不渝，对权力压迫的誓死反抗，对生命尊严的至高维护。前人评“妙在质直”，说得轻飘了，因为这不是妙不妙的问题。

但是处于优势的男性就不太一样了。《怨歌行》中“恩情中道绝”就是女性对爱情的凭吊和对身世的伤感，当然那负心的男人是皇帝。那么一般的男人如何？听听《有所思》里民间女人的述说吧。

有所思，乃在大海南。何用问遗君？双珠玳瑁簪，用玉绍缭之。闻君有他心，拉杂摧烧之。摧烧之，当风扬其灰。从今已往，勿复相思！相思与君绝！鸡鸣狗吠，兄嫂当知之。妃呼豨，秋风肃肃晨风飔，东方须臾高知之。

那个为她深爱的男人不再专情，女子勃然大怒，毁掉珍贵的礼物，决定绝交。但是又想到和他的交往家人已经知道，心里又迷茫起来，最后只能是不了了之。恨之切，反写出爱之深。

整首诗的动作、语气，非常生动传神，仿佛那个女子就站在我们面前，在爱和恨里挣扎，整个晚上痛苦焦灼不得安宁。我们看见夜色在她身边浓了又淡，我们满心同情但是爱莫能助。不用说隔了漫漫的时光，就是她和我们是同时代的人，我们谁又能帮她呢？爱情的残酷就在于，所有的伤痛都只有自己忍受。

内容相近的还有《白头吟》：“皑如山上雪，皎若云间月。闻君有两意，故来相决绝。……”又是男人负心，又是女人要做个了断。为什么对爱情要求高、对感情有原则的总是女人？

有件事我一直想请教行家，那就是《上邪》这首诗的作者是女性还是男性？作为女性，我希望能够是男性，但是直觉告诉我，会是女性——只有女性，爱情才会在生命里占据这样的地位，才会把儿女情长和山川天地联系起来，当成天地间最重大的事情。不管如何，这首诗可以看作人类对爱情最彻底的誓言：“上邪！我欲与君相知，长命无绝衰。山无陵，江水为竭；冬雷震震，夏雨雪；天地合，乃敢与君绝。”

当然古人想象不到，天气气象和自然环境会有如此巨大的变化，诗里说的五件不可能的事，前面四件都出现了，而且山无陵，江水为竭，已经不算太稀奇的事了。幸亏天地还没有合起来，所以还有人类，还有爱情。

套用一下我并不敬仰的张爱玲的句式，可以说：短的是爱情，长的是人生。但是也可以反过来说，短的是人生，长的是爱情。那些在爱情里欢乐或者痛苦，憧憬或者绝望的男男女女都已经化成了飞灰、轻烟（贾宝玉语），他们的爱情不是在《古诗源》里至今鲜活吗？

空气之美

> 江南可采莲，莲叶何田田，鱼戏莲叶间。鱼戏莲叶东，鱼戏莲叶西，鱼戏莲叶南，鱼戏莲叶北。

这首优美而欢快的诗是一首采莲曲，题为《江南》。田田，是莲叶茂盛的样子。除此之外，全诗没有一点需要注解的地方，明白如话——采莲的时候确实也不适合咬文嚼字、掉书袋——又清丽如画。一幅江南水乡的良辰美景如在眼前。

沈德潜选的《古诗源》中，在这首诗的后面有“奇格”二字点评。确实如此，第一次读它，就暗暗称奇，本来到“鱼戏莲叶间”就可以结束了，偏偏还往下唱，往下唱也就罢了，又不唱别的，单唱鱼，而且还是唱鱼在荷叶中间，只是具体到东西南北，几乎同义重复。不知道为什么这样。

后来读《乐府诗选》（余冠英选注，人民文学出版社1957年版），注解中说“鱼戏莲叶东”以下可能是和声。这就是了。《江南》是汉乐府歌辞中的“相和歌”之一，相和歌，本来就是一人唱众人和的。况且读去也确实像啊——在水上愉快的嬉游中，一个人唱，众人随口和之。

如此说来就不奇了？还是奇。这么简单的几句，如此天真，一清见底，几乎一读就能背诵，偏偏就是难以忘记。读了其他繁复华美或者奇崛高古的诗篇，回头再读它，还是丝毫不逊色，这是为什么呢？

想了想，觉得是因为：这里面有空气。作为一个作品，它不是板结的一块，而是有空气在流动，在莲叶、莲花、鱼、采莲人组成的画面里，充满了空气，新鲜湿润的空气，可以容人大口呼吸。这样呼吸着，你就进入了那个空间，美丽，单纯有如童话，荷花荷叶遮天盖日，清香染衣，人和鱼在荷花下面，看不见，只有笑语阵阵传来。

有空气，作品就是活的；有空气，作品就是个开放的世界。

说到采莲，不能不想起《西洲曲》。最早知道这首诗的题目，是因为中学课本里的《荷塘月色》，在那夜著名的月色里，朱自清想起了《西洲曲》中的两句“采莲南塘秋，莲花过人头”。到了大学，才读到这首诗。一读之下，竟是惊艳，从此魂牵梦绕。

忆梅下西洲，折梅寄江北。
单衫杏子红，双鬓鸦雏色。
西洲在何处？两桨桥头渡。
日暮伯劳飞，风吹乌臼树。
树下即门前，门中露翠钿。
开门郎不至，出门采红莲。
采莲南塘秋，莲花过人头。
低头弄莲子，莲子清如水。
置莲怀袖中，莲心彻底红。
忆郎郎不至，仰首望飞鸿。
鸿飞满西洲，望郎上青楼。
楼高望不见，尽日栏杆头。
栏杆十二曲，垂手明如玉。
卷帘天自高，海水摇空绿。
海水梦悠悠，君愁我亦愁。
南风知我意，吹梦到西洲。

音节美、色彩美、意境美，悠扬婉转而思绪幽眇，堪称乐府巅峰之作。全篇写一个女子对心上人的思念，并不出奇，难得的是刻画一片儿女情长，历历如画如闻。

更难得从一个爱恋之中的女子的眸中反射出时间的推移和季节的转换，镜头从纤小局部的特写推向越来越广阔的空间，最后几乎到达海天相接的宇宙。这种时空感的感染力，以后我只在和张若虚的《春江花月夜》、苏东坡的《永遇乐》（“明月如霜，好风如水，清景无限……”）相遇时才能感受到。

这首诗同样充满了空气的美，而且空气在不断变化。一天之中，有早上带着雾的感觉的空气，有深夜带着如水微凉的空气。一年之中，有早春带着梅花冷香的空气；有穿着单衫而不觉寒冷的暮春温暖空气；有夏日里蒸腾起莲花清香的暑气，黏黏的闷闷的；有深秋里明显转冷、干燥起来的空气。

学者认为它“该是”长江流域的民歌，纯是读者因此不必如此严谨的我则认为，一定是，当然是。这样的诗不属于江南，能属于哪里呢？呼吸一下，那温和湿润、四季分明的空气，不是充满了江南特有的烟水气吗？

从阴山到三峡到绵州

这是一首气势开阔的民歌。

“敕勒川，阴山下。天似穹庐，笼罩四野。天苍苍，野茫茫，风吹草低见牛羊。”无边无际的空间，漠漠长风掠过，风中带着的气息，分明是属于北方草原的，雄浑的，野性的，辽阔的，而不是江南的小巧空间里的茉莉花栀子花香。这真是南北有别。

很小就读到这首诗，脑海里的印象就是这样几十个汉字组成，天经地义。后来才知道，这是一首翻译作品。敕勒，是少数民族的名字，北齐时居朔州，今山西北境。据记载，“其歌本鲜卑语，易为齐语。”就是说从鲜卑语翻译过来的。王国维称许它“写景如此，方为不隔”，原作固然精彩，翻译者也功力了得，否则我们恐怕无法体会到那样壮美的意境，因为有生活体验和语言的两重“隔”。

歌咏某个地方的民歌，在乐府中为数不少。它们是一部鲜活的、微型的国家地理杂志，记录了当时的山川地貌。作者们在特定的地理环境中，受到触动，在天地间唱出了自己的心声，不经意间也留下了千古的回音。当然，这样的作品并不仅仅告诉我们当时的地理，同样“可以观风俗，知薄厚”。(《汉书·艺文志》)

比如《巴东三峡歌》:

> 巴东三峡巫峡长，猿鸣三声泪沾裳。巴东三峡猿鸣悲，猿鸣三声泪沾衣。

据专家考证，这三峡指广溪峡、巫峡、西陵峡，是长江上游险急的河段，行船到此颇为不易。三峡相连七百里，猿猴的啼叫时常回响在山谷之间，显得格外凄凉，旅客闻之往往惹起愁思。

不同河段的水流，有的湍急，有的平缓，人的心情似乎也为之改变。“朝发黄牛，暮宿黄牛，三朝三暮，黄牛如故。”(《三峡谣》)黄牛峡的高崖上有酷似黄牛的图案，这里江流曲折迂回，船走了三天还可以看见黄牛。虽然如此，但这首诗的情绪，却是舒缓而平静的。

有的作品，是看似寻常，内藏惊雷——表面上单说地理，其实包含了历史事件。比如《三秦民谣》:“武功太白，去天三百。孤云两角，去天一握。山水险阻，黄金子午。蛇盘乌栊，势与天通。”表面上看，是说武功、太白、孤云、两角、蛇盘、乌栊这几座山一座比一座高，而黄金、子午道路难行。一路走来，越走越险。稍稍深入分析一下，就会发现奥妙：武功、太白在秦中，孤云、两角在汉中，黄金子午是入蜀道路，蛇盘乌栊，已经是云南境内了。前人认为这可能是汉武帝元封二年取云南为益州郡时留下的。确实应当是一次大规模远征所产生的作品。沿着这样越走越险的路线、从秦地入滇的，不会是寻常百姓商旅。而且在这略略夸张的描写中，看不出畏惧和愁苦，反倒有隐隐的刀兵之气。

有的作品则恰恰相反，外表奇特而内里单纯。比如《绵州巴歌》：“豆子山，打瓦鼓。扬平山，撒白雨。下白雨，娶龙女。织得绢，二丈五，一半属罗江，一半属玄武。”——在豆子山听到水流声音像打瓦鼓，到了扬平山，看见瀑布像下雨。后面怎么就冒出龙女来？有人解释为由鼓声联想到娶新妇，从上下文顺序上看似觉牵强。窃以为是由雨联想到龙女（由瀑布联想到娶新妇的急切也可以说得通），由龙女想到织绢，而绢又回到瀑布的形态，最后用绢的比喻交代了瀑布的去向。表面上看好像有什么神话或者历史的典故，其实却清浅可人。

让我拍案称奇的则是《陇头歌辞》。尤其是其中的“其一”：“陇头流水，流离山下。念吾一身，飘然旷野。”

仅仅这十六个字，就是乐府里的第一奇诗。状景、写境、抒情，熔为一炉，不见一丝一毫雕琢痕迹。它是用这样最平常的字眼，抒发出了最直接的感触，似乎完全没有思考如何表达，但求一吐胸中积郁。这样的抒发，与其说它有意用了直抒胸臆的写法，不如说是因为受强烈感情驱使，箭在弦上，不得不发，喷薄而出。看到陇山顶上的山水，从山顶淋漓四下，远离故乡的旅人的孤独、悲怆油然而生，后面的两句突如其来，那不是诗，而是猛然涌上眼眶的泪水！

这样混杂着痛楚、惊奇的感动，后来还有一个精彩的复现，那就是陈子昂的《登幽州台歌》——“前不见古人，后不见来者。念天地之悠悠，独怆然而涕下！”《登幽州台歌》比《陇头歌辞》更成熟，更有气势，毕竟那是诗歌已进入全盛时代的唐朝；但是《陇头歌辞》率真质朴的赤子之气，是令人难忘的。何况它早在北朝，而北朝乐府对唐诗的影响是公认的，开辟之功，怎么估量也不过分。

珠玑与文章

这一日读古诗，忽然忆起《红楼梦》里的一副极好的对联。林黛玉初到时，细细看过这副对联。它挂在荣府荣禧堂，乌木錾银的。写的是：

座上珠玑昭日月，堂前黼黻焕烟霞。

小时候偷看《红楼梦》，不认识“黼黻”，就读成：堂前什么什么焕烟霞。后来才知道黼黻音“府服”，是古代官宦贵族礼服上绣的花纹。这样一来对联就好懂了，意思是：座上的人佩戴的珠玉像日月般光彩照人，堂前往来的客人穿的官服如烟霞般绚丽夺目。好一派鲜花着锦、烈火烹油的富贵气象！

这副对联的气派之大，非同一般，而且写富贵气象比鲁迅先生欣赏的“笙歌归院落，灯火下楼台”更到位。

贾府的主人不是浑身铜臭的暴发户，也不是胸无点墨的纯官僚，在这副对联里他们也不忘炫耀一下自己的文化修养，所以不说金银、楼阁，偏说珠玑、烟霞。所谓“珠玑”，兼喻诗文之美（所谓珠玑文章、字字珠玑就是用的这个意思），而“烟霞”也暗示“锦绣文章”之华美，所以这副对联就包含了翰墨诗书、诗礼传家的意思。

说起来可笑，读古诗又心猿意马想起别的，但是究其原因又似可恕。因为是读到《相逢行》的时候想起来的——

> 相逢狭路间，道隘不容车，不知何年少，夹毂问君家。君家诚易知，易知复难忘。黄金为君门，白玉为君堂。堂上置樽酒，作使邯郸倡。中庭生桂树，华灯何煌煌。兄弟两三人，中子为侍郎。五日一来归，道上自生光，黄金络马头，观者盈道旁。入门时左顾，但见双鸳鸯，鸳鸯七十二，罗列自成行。音声何噰噰，鹤鸣东西厢。大妇织绮罗，中妇织流黄，小妇无所为，挟瑟上高堂。丈人且安坐，调丝方未央。

多么显赫风光的门户，多么优渥精致的生活。如此的既富且贵，而且风雅，难怪让我想起《红楼梦》。

这里面最让人喜欢的是小儿媳妇的举动，她无所事事，就拿了瑟到堂上来弹，而且轻松乖巧地对公公婆婆说，你们先安坐着吧，我这儿弦还没调好呢。这首诗虽然不无铺陈夸张，但是还是有历史根据的，汉代的豪贵之家的生活确实奢华，据史书记载，他们的后堂，丝竹往往昼夜不息。

大媳妇、二媳妇的织这织那，可能只是消遣，但都还是需要眼力、心力，要出成果的，是实实在在的事情，只有小儿媳是“玩虚”的。（不知道为什么，一个家庭里，最年幼的往往会偷懒，但偏偏最得宠爱，辛弃疾的《清平乐》词里不是也有“大儿锄豆溪东。中儿正织鸡笼。最喜小儿无赖，溪头卧剥莲蓬”吗？可见不独富贵人家，就是寻常乡野人家也是如此。）

话虽如此，但是“实”确实不如“虚”风雅。而且这个“虚”大有意味。要衣食无忧才会弹琴，要有闲暇才会弹琴。这让我想到了文艺。这说明两点，第一，有钱才有文艺（衣食无忧然后才能谈文艺，风雅需要起码的经济保障）。第二，有闲才有文艺。

记得有一次，在一个文学方面的座谈会上，一位当红作家大谈文学与经济无关，不需要什么投入、扶持，甚至贫穷对文学还大有帮助，“曹雪芹的《红楼梦》是怎么写出来的？住在破房子里、喝着稀粥写出来的。成本很低嘛。”我听了正在腹诽：曹雪芹要不是那么穷困潦倒，至于那么早就去世，连不朽巨作都没有能完成么？只听另一位作家低声说：“胡说八道！光喝稀粥就喝出《红楼梦》啦？曹雪芹家原来过的是什么日子？那是什么成本?!”一语道破，痛快！

车·马·三生石

君乘车，我戴笠，他日相逢下车揖。

君担簦，我跨马，他日相逢为君下。

这首《越谣歌》真是非常可爱。据记载，“初与人交，有礼，封土坛，祭以犬鸡，祝曰：……”以上就是他们在这个仪式上“祝”的内容。它反映了越人的风俗，进一步说，反映他们对友情的理解——贫贱之交，富贵不移，以及他们希望这种友情长存的真诚心愿。

这是对友谊的生动注解。真正的友情，不就是应该这样吗？心灵相通，性情相投，以诚相待，没有心机，不管地位如何变迁，都不改变。这样的友情，有如清泉明月一样洁净，又如精金美玉一样难得，是上苍给人最珍贵的馈赠之一。

说到友情，这让我想起两个故事。一个是唐代的三生石的故事。一个是宋代张咏和傅霖的故事。三生石的故事是在张岱的《西湖梦寻》中读到的，但是出处却是苏东坡的《圆泽传》。说的是两个知己、生死之交的故事。唐代的李源，他的父亲是光禄卿，后死于安史之乱，父亲一死，原本风花雪月、豪爽挥霍出了名的李源性情大变，不仕，不娶，不食肉，就住在原来自己家、后来的惠林寺里。寺里有个和尚叫圆泽，通晓音乐，和原本善歌的李源非常相投，成了知音，两人经常整天促膝谈心。后来两人一同出游，取道李源坚持的荆州，船到半途，遇见一个汲水的妇人，圆泽叹息道："我不想从这条道走，就是想避开这个妇人啊。"李源大惊追问，圆泽说，"这个妇人姓王，我应当做她的儿子。她已经怀孕三年了，我不来，她就不能分娩。现在既然遇见了，就是天命不可逃了。三天之后你来看那个婴儿，我会对你一笑作为凭证。再过十三年，在中秋月夜，我将在杭州天竺寺外，和你相见。"当晚，圆泽去世而王姓妇人分娩。三天后李源去看望，婴儿果然对他笑了。十三年后，李源从洛阳到杭州赴约，月明之夜，果然来了一个牧童，一边扣着牛角一边唱道："三生石上旧精魂，赏月吟风不要论。惭愧情人远相访，此身虽异性长存。"李源大声问道："泽公一向可好？"那牧童回答："李公你真是个讲信义的人啊。不过你俗缘未尽，不要近我的身，勤加修炼，还可以相见。"牧童走了，不知道去了哪里。李源从此一直没有出寺，直到八十一岁死在寺中。

圆泽投胎复生的牧童所唱的诗中，最让人感动的是“此身虽异性长存”一句，不要说身份、地位变了，连肉身躯壳都不重要，只要灵魂在，性情在，就有默契，有牵挂，有温暖，有信义，生死轮回都不能改变彼此真挚深厚的情谊。

原来三生石上的盟约，不一定都是爱情，也有同样珍贵的友情。这个故事可谓达到了一种极致。如果说这个故事带着神话色彩，那么张咏与傅霖的交情就完全是现实中事了。宋代诗人张咏与傅霖是好友，后来张咏显达，官至尚书，惦记着老朋友，但是傅霖不要做官，所以“求霖三十年不可得”，晚年他在某地为官，傅霖穿着粗布衣服骑着驴子去找他，敲门喊：“告诉尚书，我是青州傅霖。”看门的人跑进去这样对张咏禀报，张咏说：“傅先生是天下名士，你是什么人，敢叫他的姓名！”傅霖笑道：“和你分别了一世，你还是这样保持着童心。他哪里知道世间有我这么个人哪！”傅霖的原话是“别子一世，尚尔童心。”多么难得的暮年访旧，多么难得的童心不改。想当年，一个是富贵不忘旧交，一个是飘然不染红尘，到老了，一个是一句话就说出了几十年的敬重和情谊，一个是因故交性情如故而喜形于色。这样的友情不但没有被人生浮沉扭曲，没有被漫漫岁月漂白褪色，反如陈年老酒，越来越醇，越来越令人沉醉。

“从别后，忆相逢，几回魂梦与君同。今宵剩把银釭照，犹恐相逢是梦中。”说的应该是这样的朋友，这样的相见吧。虽然我知道这阕《鹧鸪天》本是写词人和歌女的感情的。

想必那时候也有龌龊之徒、势利小人，他们也会因为各种利益或者阴暗心理而出卖友情。但是，因为当时的主流观念是重信义、讲名节，那些小人在这样做的时候，恐怕还是有不小的压力吧。至少不像今天的有些人那样理直气壮，“朋友就是用来骗的”，甚至“杀熟”这样让人不寒而栗的词汇也成了日常用语。

落霞·落英·夜半钟

以前在哪里看过，最近又在报上看到有人旧话重提，说的是《滕王阁序》的一个公案——不是别的，正是《滕王阁序》里最著名的两句："落霞与孤鹜齐飞，秋水共长天一色。"这两句当然是千古佳句，意思却不难懂，但有人偏将"落霞"作出不同于一般的解释。列位看官，你道他作何解？"飞蛾"是也。"上句说的是野鸭子飞逐蛾虫食之，所以齐飞"。不禁失笑。野鸭子追着蛾虫吃不要紧，他还要据此说人家不通，人家当然要反驳，斥之为不解风雅的妄说。但我其实非常希望行家不要理会，免得惹出那些无趣之人更加执著的斗志，"死磕"到底。

因热爱学问而误食苦果的人，古已有之，甚至一些名人也未能幸免。

我一向敬重的欧阳修，读到王安石的诗："黄昏风雨暝园林，残菊飘落满地金。"欧阳修笑着说："百花尽落，独菊枝上枯尔。"他认为菊花是不会凋零，只会在枝头枯萎。于是他开玩笑地写了两句："秋英不比春花落，为报诗人仔细吟。"（他不会知道，到了他所生活的朝代灭亡之后，有个叫郑思肖的诗人、画家还写下"宁可枝头抱香死，何曾吹落北风中"的诗句，借菊花不凋零来抒发自己的爱国气节，可以做他的极佳旁证。）王安石听到了，反击说："难道不知道《楚辞》里有'夕餐秋菊之落英'吗？这是欧阳修读书不够。"

这个公案，有专家分析得很详细：虽说根据种菊花的专家史正志在《菊谱后序》里的说法，菊花有两种，一种花瓣结密的不落，一种花瓣不十分结密的会落，但是一般的菊花以不落的为多。倘王安石真的看到罕见的会落的菊花而作诗，应该加以说明，他没有说明，可见没有看到。他说屈原《离骚》里有"夕餐秋菊之落英"，他是根据屈原这话来的。这样就有问题了。因为屈原说服食菊花，不是指落下来的花瓣，这个"落"有"开始"的意义，指刚开的花瓣。"这样说来，王安石误解了屈原的意思，再根据这种错误的理解来写诗，那自然就不对了。"（周振甫《诗词例话》）周先生并不武断，他进一步说："落英"可以指落下来的花瓣，也可以指刚开的花瓣。但生活中只服食刚开的菊花，不会服食枯萎的菊花，所以王安石还是错了。

在九曲回廊般的论证之后，确实是自圆其说了。但这是否天衣无缝？我看也未必。不揣浅薄，也来“考证”一回。菊花确实有会落的，我亲眼看见过。王安石没有说明，有两种可能：较大可能是周先生说的这种，就是盲目相信屈原而且会错了意。也不排除他看见过，但是随口引用屈原名句来反驳的可能——不相信自己，相信权威，这种心理古往今来很普遍。

至于屈原的原意，似乎也可以商榷。人固然不会吃枯萎的菊花，但是菊花凋落就都枯萎了吗？并非如此，有一些菊花的花瓣散落时，颜色、质地都没有太大改变，还是可以吃的。如果一个爱菊的人，不忍心将刚开的菊花采来吃，而是像黛玉葬花一样将落花收拾起来，葬进了自己的肚子，于情于理似乎也讲得过去。我倒是倾向于相信“落英”就是落下来的花瓣的。

但是这真的重要吗？“夕餐秋菊之落英”，反映了诗人性情的高洁，这就够了，至于他吃的是刚开的菊花还是落下来的菊花，这于我们的欣赏有什么关系吗？对屈原的形象构成什么威胁？风吹落一地菊花，干我们底事？

还有一个相似的例子。唐张继《枫桥夜泊》中有“姑苏城外寒山寺，夜半钟声到客船。”有人批评他“贪求好句而理有不通。……句则佳矣，其如三更不是打钟时。”欧阳修同意这个批评。但是，正如前人指出的，欧阳修没有到过吴中，在唐代，不少寺里都打半夜钟。到了宋代甚至今天，寒山寺还在打半夜钟。可见张继写的半夜钟，不但意境幽美，而且经得起事实检验。欧阳修等人倒是犯了主观的毛病。但且慢，我们到底在诗歌里找什么？当成百科全书、艺术化的搜索引擎，在里面查找某个时代的确凿的信息、细节、数据吗？即使后来的寒山寺不打半夜钟，这两句诗就不美、不能传诵了吗？如果我们从未听过半夜钟，就不能欣赏这两句诗的美感，在想象中步入那个境界吗？

学问是要有人做的。但是有些细枝末节、冷僻字眼似乎更接近于《孔乙己》中“回”的四种写法，谈不上多大的意义。吟诗作赋，不是一件“讲理”的事情，时时处处硬讲道理，一字一词寻根问底，虽然可以坐实一切，但是也弄得生硬死板，意趣全无了。若是生生将欣赏诗词这样有趣的事弄得无趣起来，岂不是叫学问荼毒了？自古诗无达诂，况且某些美感、感动缘于“误读”也是正常现象，应该可以允许这种自由。说到底，诗词中本无是非，只有好恶；如果要说有是非，那也只有一个裁判，一个权威，就是——美。

男女还是君臣？

读古诗，自然就会看前人的注解，这一看，有时候是明白了，有时候不但不能明白，反而彻底糊涂。

比如《诗经》中的《采葛》。“彼采葛兮，一日不见，如三月兮。彼采萧兮，一日不见，如三秋兮。彼采艾兮，一日不见，如三岁兮。”“那个采葛的人儿啊”，虽然没有写明其性别，但是正如闻一多所指出的，“采集皆女子事，此所怀者女，则怀之者男”。应该是一个小伙子，苦苦思念一个姑娘的吧，强烈的思念让他觉得一日三秋。可是注解《诗经》的权威《毛诗序》怎么说？他认为是“惧谗”，“一日不见于君，忧惧于谗矣。”——一天没有见到君王，就担心有人在君王面前说自己的坏话。还有《关雎》，直直道出了“窈窕淑女，君子好逑”，还是被解释成“后妃之德”。幸亏有闻一多和他以后的许多明白人，要不，简直会让人心里怀疑：古人和我，到底是谁发疯了？

也怪孔子，非给《诗经》定性成：“诗三百，一言以蔽之，曰思无邪。”这么神光闪闪的导向在，许多正统古板的夫子们，便纷纷将《诗经》往伦理道德君臣大义上靠，把活生生的《诗经》解说成儒家正统观念的教科书。

当然不仅《诗经》，乐府里的《有所思》，明明是写一个女子想和情人分手却又下不了决心，也居然被说成“此亦人臣思君而托言者也”。总之，明明是男女，非说是君臣；你看是爱情，他非说是政治。

这样的例子很多，不胜枚举。现在的专家们也都在许多个案中指出了其中的谬误。但是对这样一个现象的大规模和荒谬程度，似乎还认识、揭示得不很充分。

比较中庸的观点是：“以夫妻或男女爱情关系比拟君臣以及其他社会关系，是我国古典诗歌中从《楚辞》就开始并在其后得到发展的一种传统表现手法。”其实是，这种现象有是有，但没有那么多，许多是被误读归入此列的。就是说，支持这个结论的许多论据，恐怕是文学上的“冤假错案”。

何况，就算是传统表现手法，也没有什么值得赞美或者仿效的。爱情是文学永恒的主题，许多外国古典文学名著印证了这一点。可是我们的那么源远流长的“爱情”却不是爱情，而是穿着浪漫轻纱的政治、伦理、道德，这多么奇怪，让人觉得中国人的心理多少有点问题，人性有点扭曲。难道君臣关系比爱情更重要，它才是最古老最永恒的主题？或者，在许多人的潜意识里，那个可以让自己飞黄腾达、光宗耀祖的皇帝，才是真正让他日思夜想的情人？

再说，将夫妇比君臣与这样一种观念有关：这两对关系中，都存在着阴阳、尊卑关系。屈原笔下“思美人”的“美人”虽然不是美女而是楚君王，但是这种比喻至少在潜意识的性取向上还属正常。后来的那些男人就不对了，也不知道是越来越没有自信和底气，还是为了讨好得更彻底，一个个都化身成了女人，还是一副等待垂青宠幸、幽幽怨怨的怨妇模样，那潜意识怎么看都有点不正常。前不久，电视里播《乾隆王朝》时，有学者指出，史书早有记载，和珅之所以终生得到皇帝宠爱，不仅仅因为他善于溜须拍马（或者像电视剧所说那么精明能干），他和皇帝还是同性恋。君臣关系如此，再看这种将夫妇比拟君臣的“手法”或者解读，就有点恶心了。

知之不如不知

我有一个心愿，就是在对作品背景和作者动机“无知”的情况下，再次欣赏这首诗：

君知妾有夫，赠妾双明珠；
感君缠绵意，系在红罗襦。
妾家高楼连苑起，良人执戟明光里。
知君用心如日月，事夫誓拟同生死。
还君明珠双泪垂，恨不相逢未嫁时。

这是唐代诗人张籍的《节妇吟》。它会让人想起汉代乐府里的《陌上桑》《羽林郎》，都是已经有了丈夫的女子，拒绝其他男子的追求。但是《陌上桑》和《羽林郎》格调明快干脆，前者甚至带着一些喜剧色彩，而《节妇吟》明显地要复杂得多。第一句就挑明了女主人公的身份，而且挑明追求者也知道这个身份（《陌上桑》和《羽林郎》都是在拒绝的时候才说出)。这样对方送她一双明珠(比喻对她用情),以当时的观念,就完全是不守礼法的举动了,用现在的话说就是具有婚外恋的企图。但是张籍笔下的女主人公是比较“另类”的一个,她没有急于表示烈女可杀不可辱,或者急眉赤眼地怒斥对方“非礼”,她居然被对方的情意感动,还把明珠系在了身上。这样一来,这个故事就会让圣人大为不满,因为分明“思有邪”了……但是且慢,语气马上一转,说自己丈夫很有地位,门户光彩,然后似乎陷入矛盾之中,知道对方用情很深,可是自己又与丈夫有同生共死的誓约,最后是她的抉择和心情:一边流泪,一边还珠,感伤相逢太迟,但还是明确拒绝了对方。

这首诗真是奇特,一是,一个男性诗人将一个女子的心理体会得如此真切细腻;二是,没有像许多古代作品,将女子仅仅符号化为“贞”或者“淫”,而是仍将她作为一个独立的生命个体,正视了她的内心世界和感情矛盾,并且写她自主的选择;三是,将“非礼”的感情写得如此富有美感,不自觉地超越了伦理道德的界限。难怪有选家说“然玩辞义,恐失节妇之旨”,弃而不选,可见读出了其中非正统的意味。

这首诗虽然“发乎情止乎礼义”,但是写出了礼义之外的感情波澜,而且曲折微妙:既委婉缠绵,又坚定决绝,但是决绝之余,又有无奈不绝如缕。不是宣扬任何一种观念，而是带出了活生生的人性美。读这首诗的人，很容易引起一种好奇：这个女子是个什么样的人呢？一定很有魅力吧。而那个男子，不找妙龄未婚的女子，却追求一个有夫之妇，不像浪子猎艳，难道是情有独钟，情非得已？女子拒绝的理由好像理智多于情感，看样子她对丈夫是敬重有之，信义有之，但是并未说出他们是否举案齐眉、伉俪情深？如果是，这是最好的拒绝理由，她为什么偏偏不说？这个故事里就有了相当大的让人揣想、触动的空间。

但是，当知道了它真正的含义之后，那个空间一下子破碎了。这首诗有的版本有题下注："寄东平李司空师道。"李师道何许人？中唐之后，藩镇割据，李师道是当时藩镇之一的平卢淄青节度使，又冠以检校司空等头衔，是炙手可热的人物。据记载，张籍"时在他镇幕府，李师道以书币聘之，因作此词以却"。原来是张籍为了婉拒李师道的聘请而写的，等于说"我对您的一片好意也很感动，但是我不得不谢绝"。礼法之外的情愫不见了，成了权势者和人才之间的挖人和拒绝的心理对抗；那对沾有凄婉泪水的明珠不见了，成了一堆为了笼络文人名士而预付的高工资；人情人性也变味了，现出了仕途选择和政治立场的原形。

这一来，想在单纯意义上欣赏这首诗，就成了"不可能的任务"，正是：还君明珠双泪垂，恨不相逢未"知"时。

中毒记

到了《节妇吟》，再不情愿也终于知道，不能一厢情愿地见山是山见水是水，许多优美感人的诗都是抒发非常世俗的感情的。在接受了这样多少有点扫兴的事实之后，我觉得那些留下明确线索的作者是仁慈的，因为不会让人在很正常的误读之后才发现真相，无处安置那一片错误的感动。

比如朱庆馀的《近试上张水部》：

> 洞房昨夜停红烛，待晓堂前拜舅姑。
> 妆罢低声问夫婿：画眉深浅入时无？

一位新嫁娘，在成婚的第二天，绝早起床梳妆，等待天亮好去拜见公婆。她梳妆完了，因为不知道能不能让公婆喜欢而心中忐忑，就低声问丈夫：我的眉毛画得入不入时？古代风俗，第一天晚上结婚，第二天清早新妇才拜见公婆。

这首诗有另一个题目，叫作《闺意献张水部》。所谓闺意，可说是刻画得很细致生动了，那么“上张水部”或“献张水部”所为何来？原来这位张水部不是别人，正是写“还君明珠双泪垂，恨不相逢未嫁时”的张籍。唐代科举有一种风气，叫作“温卷”，就是应试的人将自己的作品送交有地位的名人，希望得到指点、赏识，并通过他们的传扬、推举，有利于自己的考取。这首诗，就是朱庆馀呈献给张籍的“温卷”之作，真正的意思是：就要考试了，我就像一个马上要见公婆的新嫁娘那样，充满期待又忐忑不安，不知道自己的才学能不能得到主考官的欣赏，先请教一下：您看我这样行不行呢？——由于读书人应试和女子出嫁都是决定命运的关键时刻，那种既期待又紧张的心情有相似之处，所以这首诗将新嫁娘的神态细致画出，也就巧妙传达了自己的心声。

作为玩这套把戏的前辈高手，张籍当然心领神会。他马上写了一首答诗：

越女新妆出镜心，自知明艳更沉吟。
齐纨未足时人贵，一曲菱歌敌万金。
——《酬朱庆馀》

朱庆馀把自己比作女子，所以张籍的答诗也如此，把他比作一位越女（朱庆馀正是越州人），这位越女打扮好了来到镜湖湖心，明知道自己天生丽质但是求好心切反而暗自思量起来（可能是欲唱又止）。其实，虽然许多其他姑娘穿着贵重的丝绸，可是那并不值得看重，这位采菱姑娘的美妙嗓音，才是抵得上万金呢！这就是告诉朱庆馀，他的才学出众，不必为这次考试担心。

习惯了这样的弦外之音，再读其他诗，就不自觉地开始“破译”起来。有一天我发现了“疑似”的一首，可巧也是写新嫁娘的唐诗：

> 三日入厨房，洗手做羹汤。
> 未谙姑食性，先遣小姑尝。
>
> ——王建《新嫁娘词三首》之一

我马上自动开始破译代码：新嫁娘是作者自己，那个“姑”（婆婆）是能决定他前途命运的人，不是考官就是上司，那么这个小姑肯定是一个最了解这个领导的人，是他身边的人，是好友？是弟子？还是秘书一类的人？这肯定也是一首探口气、测风向的诗。

但是，标题、题注、注解、赏析文章里却扑了一个空。不会吧？又翻了其他几个版本，都只是慢条斯理地介绍新娘入门三天下厨的风俗，还有这个新娘的聪明，没有我认定埋伏在后面的可疑身影。

这才知道，穿凿附会、强作解释是一种毒，我已经不知不觉地中毒了。这回，星星就是那个星星，月亮就是那个月亮，新嫁娘真的就是新嫁娘。我很高兴我错了。

梅花消息

《梅磵诗话》记载，杜耒向赵师秀讨教诗歌，赵师秀半开玩笑地回答：“但能饱吃梅花数斗，胸次玲珑，自能作诗。”这两位都是宋代人，赵师秀有一首诗入了《千家诗》，妇孺皆知：“黄梅时节家家雨，青草池塘处处蛙。有约不来过夜半，闲敲棋子落灯花。”意境幽静，心态闲适，端的是好诗。而杜耒，许多人也读过他的作品，只是不知道作者而已，比如那首经常出现在茶馆壁上、茶具上的《寒夜》：“寒夜客来茶当酒，竹炉汤沸火初红。寻常一样窗前月，才有梅花便不同。”梅花，赵师秀把它当成改善气质的良药，杜耒把它当成提升境界的魔杖。可见梅花在古人心目中的地位。

那位梅妻鹤子的林和靖，是这样写梅花的：“疏影横斜水清浅，暗香浮动月黄昏。”有人请苏东坡吃饭，在酒席上说，这两句诗是写梅花，但是用来咏杏花与桃花李花也都可以。苏东坡说：可以倒是可以，但是恐怕杏花李花不敢承当。在场的人都大笑起来。（据《诗话总龟》卷九引）确实，这两句诗表现的是梅花的风姿和神态，决不是写桃李杏的，桃李杏的花都是浓密的，不是“疏影”，而且开在春光明媚之时，衬托它的不会是“水清浅”“月黄昏”这样萧索清冷的背景。也有人说，这种描写也接近野蔷薇，则更加勉强，早有前人反驳道：“野蔷薇安得有此潇洒标致？”和梅花相比，野蔷薇确实显得小家子气了。后来姜夔借用这首诗中的“暗香”“疏影”作为词调名，自制成曲，写了两首著名的咏梅词。

中国人有酷爱梅花的传统，自古以来，咏梅的诗词数量之多，填海堆山，写梅之余，兼以明志、思人、思乡、遣怀，正如王淇借梅花口吻所说的：“只因误识林和靖，惹得诗人说到今。”

咏梅花自比、言志的，少不得先要说到陆游的《卜算子·咏梅》：“驿外断桥边，寂寞开无主。已是黄昏独自愁，更著风和雨。　　无意苦争春，一任群芳妒。零落成泥碾作尘，只有香如故。”但是他说“一树梅花一放翁”，不是自恋，就是有点自大了。

还有王冕的两首咏梅诗：

吾家洗砚池边树，个个花开淡墨痕。不要人夸好颜色，只留清气满乾坤。（《墨梅》）

冰雪林中著此身，不与桃李混芳尘。忽然一夜

清香发，散作乾坤万里春。(《白梅》)

全无造作，胸怀自见，清新可喜。

最哀伤的恐怕是李商隐的《忆梅》（有“寒梅最堪恨，常作去年花”句）、《十一月中旬扶风界见梅花》（有“为谁成早秀？不待作年芳”句），写尽少年成名而后郁郁不得志的身世与伤痛。

其他“江南无所有，聊赠一枝春”(陆凯)，“来日绮窗前，寒梅著花未”(王维) 等等名句，不胜枚举。

梅花和雪有着不解之缘。《红楼梦》中“琉璃世界白雪红梅”的美丽，引得众人写出了许多红梅诗，但是这些诗却不及一个细节给人留下的印象深，就是品茶栊翠庵一节，妙玉请黛玉等人喝体己茶，用的水竟是她五年前收的“梅花上的雪”！“前村深雪里，昨夜一枝开”(齐己《早梅》)，写早梅极是贴切。而卢梅坡的《雪梅》二首流传颇广，可能与它的通俗易懂有关：“有梅无雪不精神，有雪无诗俗了人。”“梅须逊雪三分白，雪却输梅一段香。”

说到白梅花，“不知近水花先发，疑是经冬雪未销”(张谓《早梅》)，写梅花与雪同色，且开得早，但是说分不清花和雪，似乎有点刻意，不如王安石的《梅花》自然天成：“墙角数枝梅，凌寒独自开。遥知不是雪，为有暗香来。”

然而所有的这些，都比不上李后主的《清平乐》，“砌下落梅如雪乱，拂了一身还满”。那落不尽、拂不完的梅花，有如人世间无数无法排遣的痛苦和忧愁。是伤春？是相思？是乡愁？是离情？是追悔？是幻灭？也许都是，也许都不完全是，直到今天，犹见落梅如雪，落梅如雪……

人间有味

总觉得唐人在饮食方面偏于简单。这可能是我的错觉，但不能怪我，责任在唐诗。

全部唐诗里，关于饮食的诗句，最难忘的是杜甫的《赠卫八处士》中的一句："夜雨剪春韭，新炊间黄粱。"那是描写他到一个老朋友家受到的招待，那顿饭让大诗人写成了千古美餐：是春天，有当令的菜蔬，是雨夜，于是有湿度和气氛，餐桌上有鲜艳悦目的色彩（绿、白、黄），有朴素而天然的香味。生活气息扑面而来，食欲美、人情美在温暖的色调中交织氤氲。

还有李白，他的笔下满溢着酒香，但是真正的酒徒往往对食物不太在意，也是做客，也写食物，他就非常简单："跪进雕胡饭，月光明素盘。"（《宿五松山下荀媪家》）雕胡就是茭白，能结实，名叫菰米，可作饭。用白色盘子装了这样的饭，虽然简单到了寒素的地步，但在月光下该会有晶莹剔透的感觉吧。

印象中，到了宋代，情况就不一样了。因为苏东坡的胃口就好得很，他不但发明了像东坡肉这样的名菜，而且在笔下也留下了勾魂摄魄的永远的美味。且看他的《惠崇春江晚景》——

竹外桃花三两枝，春江水暖鸭先知。蒌蒿满地芦芽短，正是河豚欲上时。

蒌蒿、芦笋、河豚，和竹、桃花、江水相提并论，一起充当了仲春的使者，这首诗不但画意盎然，而且在后两句诗里苏东坡显示了他不但是一位观察细致的诗人，而且是一位真正的美食内行。“坡诗……非但风韵之妙，盖河豚食蒿芦则肥，亦如梅圣俞之‘春洲生荻芽，春岸飞扬花’，无一字泛设也。”河豚吃蒌蒿芦笋就长得肥，三者之间有内在关系，苏东坡不是随便写写的，每个字都有道理——《渔洋诗话》里这样赞美了他。

在他笔下，早春景象也和美食有关，这是《浣溪沙》的下半阕：“雪沫乳花浮午盏，蓼茸蒿笋试春盘。人间有味是清欢。”古代风俗，立春日以萝卜、芹菜置盘中送人，表示贺春，叫作春盘。这里写出了春盘的内容，同时点出时间是早春，“雪沫乳花”的茶和“蓼茸蒿笋”的春盘，同为清香之物，超尘脱俗，又一白一绿，鲜明生动，使“有味”“清欢”水到渠成。

明代的文人中，最讲究吃又擅写吃的当数张岱，一篇《蟹会》纯粹写吃，寥寥两百字，却写得刻神入骨、回肠荡气，将以蟹为命的李渔《闲情偶寄》中写蟹一节比得啰唆小气、黯然失色。不过这两位“吃家”的作品不是诗词，这里姑且按下不表。

诗里写吃写得多且妙的，还是画、诗、书三绝的郑板桥。他写吃往往是一派平民风味：“稻蟹乘秋熟，豚蹄佐酒浑”，“江南大好秋蔬菜，紫笋红姜煮鲫鱼”，“湖上买鱼鱼最美，煮鱼便是湖中水”，“买得鲈鱼四片腮，莼羹点豉一樽开”，甚至连“笋脯茶油新麦饭”也入了诗；词里有“紫蟹熟，红菱剥。桄桔响，村歌作”，“白菜腌菹，红盐煮豆”诸句；题图也有“江南鲜笋趁鲥鱼，烂煮春风三月初”之句。

郑板桥还有一副好对联，联曰：白菜青盐粯子饭，瓦壶天水菊花茶。很喜欢这副对联，全是静物，而其人自在，纯是素朴，而品格自华。粯子是粗麦粉，这样的茶饭，真是一贫到底了，但是如此清洁自守、为民不谀、为官不贪，自得其乐，那样的茶饭最干净，吃着最安心。

致命的江南

读诗可能尚不明显，读词，简直触目就是“江南”。对这个词有着强烈的偏爱，觉得它唤起的是强烈而明媚的印象，而且连它的字形都那么亭匀有致，音节也那么悦耳动听。六岁时第一次到杭州，于是对江南的最早的印象就是那柔柔的柳丝、明媚的西湖，还有拉着我的、父母温暖的双手。那真是绝好的启蒙教育。

有人说，在历史上“杏花春雨江南”总不是“铁马秋风塞北”的对手，纤柔的南方一次次败给骁勇的北方。似乎真的是这样。如果这是宿命，我想大多数江南人宁可接受这样的命运，也要守着江南，寸步不离，永不叛逃。

最早记得的是白居易的《江南好》：“江南好，风景旧曾谙。日出江花红胜火，春来江水绿如蓝，能不忆江南?”这是关于江南流传最广、最艺术的广告。而最浓艳销魂的是韦庄的《菩萨蛮》——“人人尽说江南好，游人只合江南老。春水碧于天，画船听雨眠。垆边人似月，皓腕凝霜雪。未老莫还乡，还乡须断肠。”这是写给江南的情书，表达的已经是身陷其中、无法自拔的爱恋了。

韵味深长、风神独具的是皇甫松的《忆江南》：“兰烬落，屏上暗红蕉。闲梦江南梅熟日，夜船吹笛雨潇潇，人语驿边桥。”

在烛火黯淡的光线下，在有着美人蕉图案的屏风边，诗人梦见了江南。梅子黄熟的时节，夜雨潇潇，诗人（或有人）在船上吹着笛子，桥上传来低低的吴侬软语。这是个笼罩在迷蒙的烟水气的世界，既温暖又惆怅，既迷离又清新。这是画境，是诗境，也是梦境。

江南如果仅仅使人难忘难舍、魂牵梦萦，那还不足以称“致命”。但是江南似乎真的是“致命”的。

它可以使人放弃前途。辛弃疾的“休说鲈鱼堪脍，尽西风，季鹰归未？”（《水龙吟》）提到的季鹰，名叫张翰，西晋人。《世说新语·识鉴篇》说他在洛阳为官，见秋风起，因思吴中莼菜羹、鲈鱼脍，就说：“人生贵得适意耳，何能羁宦数千里以要名爵？”遂弃官南归。这就是著名的“莼鲈之思”的典故。

后来我们知道这是一个看清形势的聪明人脱身的借口，但是谁能否认，莼鲈之思，也是张翰决定的原因之一？我更愿意只接受张翰自己的解释。因为我始终相信，江南作为人性的栖居之地，有着这样的魅力，让人平息尘心俗念，放弃对仕途经济的热衷。“忍把浮名，换了浅斟低唱”是这个理由的另一个版本，稍涉香艳而已。

它可以使人放下刀戈、率众来降。丘迟的一篇《与陈伯之书》，是一篇招降书，写得文采斐然，情景交融，动人心弦：“暮春三月，江南草长，杂花生树，群莺乱飞。见故国之旗鼓，感平生于畴日，抚弦登陴，岂不怆悢！”逃奔北魏的陈伯之读了，抵挡不住乡思的攻势，率八千人来降。与其说这是文学的胜利，不如说是江南的胜利。

它甚至是朝代更替、江山变色、生灵涂炭的缘起。柳永的《望海潮》，将江南的繁华旖旎写到了十分：“东南形胜，三吴都会，钱塘自古繁华。烟柳画桥，风帘翠幕，参差十万人家。云树绕堤沙。怒涛卷霜雪，天堑无涯。市列珠玑，户盈罗绮，竞豪奢。　　重湖叠巘清嘉。有三秋桂子，十里荷花。羌管弄晴，菱歌泛夜，嬉嬉钓叟莲娃。千骑拥高牙。乘醉听箫鼓，吟赏烟霞。异日图将好景，归去凤池夸。”传说金主完颜亮读了这首词，慕西湖胜景，就起了挥鞭渡江、立马吴山之意。我不怀疑江南有这样的吸引力，会让人起觊觎之心，但是将王朝的覆灭，归罪于一阕词，未免荒谬。朱东润先生说得公允：“说金主受一词的影响而发动南侵，原不足信；但于此可以说明这首词描绘之工，流传之广。”（《中国历代文学

作品选》)

但是这都是前尘往事了。留下来的只是关于江南的美丽的咏叹，只是关于江南的千古传说。江南，是一个文化的空间，一个人性的空间，是中国人一个永远的梦境，在这个梦境里，我们滤去了现实中的不洁、不美、所有的缺憾，只留下山明水秀、草长莺飞，才子佳人，美酒佳茗……虽然那些笙箫吟唱的烟波画船已经去得很远。

诗在天上，人在凡尘

几年前到西安，当地的朋友向我介绍许多值得去的地方，最后我说："你们是不是忘了兴庆宫？"友人面面相觑，"兴庆宫？那里没什么可看的。"怎么会？那里曾是唐玄宗、杨贵妃居住、游乐的地方，天宝年间，每逢节日，都要在那里举行盛大宴会，文武百官前来朝贺。何况，那里有沉香亭——李白醉中即席赋《清平调词》三章的地方。

> 云想衣裳花想容，春风拂槛露华浓。若非群玉山头见，会向瑶台月下逢。
>
> 一枝红艳露凝香，云雨巫山枉断肠。借问汉宫谁得似？可怜飞燕倚新妆。
>
> 名花倾国两相欢，长得君王带笑看。解释春风无限恨，沉香亭北倚阑干。

那是春天，李白醉意犹浓，沉香亭外是盛开的牡丹，玉石栏杆内是比牡丹更加娇艳的杨贵妃，春风轻拂，异香四溢，襟袖尽染，诗人呼吸着花香，花香又从他笔下流出，在中国人的记忆中香了一千年。

还是去了沉香亭，果然失望。亭后有一个小阁，上面写着“彩云间”，阁前有一尊李白醉卧的雕像，基座上刻着“李白斗酒诗百篇，长安市上酒家眠。天子呼来不上船，自称臣是酒中仙。”是了，别人赞叹的“天子呼来不上船”，加上自己宣称的“安能摧眉折腰事权贵，使我不得开心颜!”这构成了许多人心目中永远的李白。但是这几句，在沉香亭畔再看再想时，味道却有些不对。天子召见，他不是来了吗？赞美贵妃，取悦君王，这种御用文人的分内事，他也做得非常出色。

李白研究者们也注意到“李白虽有志于济苍生，安社稷，但也掺杂着事君荣亲，羡慕功名富贵的情绪”，就连郭沫若迎合圣意、扬李抑杜，几成笑谈的“名著”《李白与杜甫》中都不得不承认：“李白是个功名心很强的人”，“任华在《杂言寄李白》诗中赞美李白‘数十年为客，未尝一日低颜色’，看来有时是不尽然的。”

即使在同时代，李白身上没有摆脱的庸人气味也是相当明显的。他企图通过广泛地结交有地位的人和诗文投赠，提高知名度，引起朝廷重视，给以超常的提拔重用。这种渴望是毫不掩饰、如火如荼的，比如对采访使韩朝宗：“生不愿封万户侯，但愿一识韩荆州！”而另一个诗人孟浩然呢，这个韩朝宗和他约好了，韩想带他进京，向朝廷推荐，但是到了时间有故人来，孟浩然就和故人喝酒，喝得很痛快，别人提醒他，他说：“都开始喝上了，还管他什么！”韩朝宗大怒，自己走了，他也不后悔。这种傲岸出世的态度和李白是鲜明的对比。李白对此非常服气，他在诗中写道：“吾爱孟夫子，风流天下闻。……高山安可仰，徒此揖清芬。”说的是对这种高洁品格不可企及，但是非常尊敬。这说明李白内心是有自知之明的，而且是坦率真实的。

粪土王侯、浮云富贵的李白，确实是经不起推敲的。他野心勃勃：“大鹏一日同风起，扶摇直上九万里。”他自我感觉非常好，自信得接近神话：“但用东山谢安石，为君谈笑静胡沙。”不受朝廷重视时，他非常郁闷：“大道如青天，我独不得出。”一旦蒙天子征召入京，他顿时“仰天大笑出门去，我辈岂是蓬蒿人?”——是何等狂喜，何等得意扬扬！仕途不顺，他也没有放弃希望，“长安市上酒家眠”，其实还是一种等待，否则为什么不到荒村野店酒家眠呢？就不必担心有人打扰，更不会在醉入仙乡时，有高力士那等货色来传唤，让人担心污浊气味把诗人熏坏了。让他脱什么靴子呀，他连这也不配，正是应该连眼珠子都不转一下才合适。但是我们的诗人没有放弃这种机会，他充分地“秀”了一次，自己觉得非常有个性，非常狂傲，洒脱不羁，其实等他一走，唐玄宗马上指着他的背影对高力士说：“此人固穷相。”他的这种表演，在帝王眼中，只是一种“穷相”。不知道为什么，看到这个词，我感到一种刺痛和悲哀，为诗人的天真、自负，更为被功名荼毒了的自由心灵。

三顾茅庐情结

对李白性格中入世的这一侧面，说功名心强也好，急于用世也罢，都是学院气味的说法。用老百姓的语言，一句话就说得更通俗易懂，而且透彻：“这人太官迷了!”

不管是为了天下，为了苍生，还是为了自己，为了家族——在中国知识分子身上，这两种目的往往紧密结合，很难分开，所以不必深究——总之，官迷就是官迷。迷的程度很深，非常难以自拔。说李白最后的死和长期饮酒有关，其实除了饮酒过度会导致酒精中毒，长期的对仕途的热望，也会导致一种严重的身心症状，可以称之为“官中毒”。

“官中毒”有他自己的诗句为证，失意时的愁苦抑郁，得意时的欣喜若狂，都是毫不掩饰的。他对仕途的热望非常执著，前后两次所谓的“重要的政治活动”失败之后，获罪流放夜郎，途中遇赦，喜出望外是人之常情，但是冷酷的现实没有让他清醒，他立即陷入幻想，觉得朝廷是看中了他的才华，又要重用他了，于是他在江汉一带逗留多时，又在洞庭、潇湘一带游荡了一年，就是在等待朝廷的好消息，而且他再次“低颜色”地请求别人代为吹嘘、举荐。作为诗人，他反复在诗文中写到自己在长安供奉翰林时的风光，引以为荣，直到晚年还这样回忆：“天门九重谒圣人，龙颜一解四海春。……当时笑我微贱者，却来请谒为交欢。”陆游就曾经对此表示不屑，有所讥评，这种讥讽对于李白是不冤枉的。

既然以谪仙人自居，应该荣华富贵全不在眼里，但是又是那么想充当君王辅弼，想飞黄腾达，这就导致了他行动上的飘忽怪诞：忽而以“黄金白璧买歌笑，一醉累月轻王侯”清高自许，忽而又有“生不愿封万户侯，但愿一识韩荆州”、“一别蹉跎重回顾，青云之交不可攀”这样的急迫、低微；忽而标榜“我本楚狂人，凤歌笑孔丘”，忽而悲叹“大道如青天，我独不得出”。

对于这种表现，郭沫若认为是一种双重性格，“又庸俗而又洒脱，这就是李白之所以为李白。”另一些学者则认为“一方面要做君王的辅弼，一方面要做超凡的神仙，这样就形成了他贯穿一生的入世与出世的矛盾”，同时指出“积极入世是李白思想的主流”。（复旦大学古典文学教研组编《李白诗选》前言）

一面狂放飘逸，一面庸俗不堪，诗人这样的两面，到底孰表孰里，孰轻孰重，哪一面占据主要地位？

我认为，李白是貌似洒脱，其俗在骨。他不是仙人，而是凡人，虽然他是天才，但是天才与灵魂的高洁、人品的清贵并不能画上等号，甚至没有必然的联系。入世极深、热衷功名是他一生的主流。他有时其实承认这是个缺陷，他的妻子不赞成他追随永王东巡，李白回答："归来倘佩黄金印，莫见苏秦不下机"，这是反用了苏秦家人对他前倨后恭的典故，意思是：如果我能做了大官回来，你不要看到我这个庸俗的苏秦而不肯理睬吧。

既然如此，为什么要在人前、在诗中表现得非常洒脱呢？其实这和功成身退、名留青史一样，是中国传统文化中的一种类似"终极理想"的情结，我把它叫作"三顾茅庐情结"。官是要做的，也是无论如何想做的，但是仅仅如此，缺乏一点个性，缺乏一点美感，如何才有美感？首先要摆出一种姿势，不要做官的姿势，我是拿定了主意就做个布衣，就做个酒徒，自甘贫贱，不求闻达。然后等那爱才的人找上门，最好是皇帝，不然也要是他身边的重臣，来请出山。当然是不去的，山人粗鄙，懒于应世，不想搅那浑水。但是请的人更固执，而且人家不用重金名马，不用豪宅田地，人家流着泪说：先生不出，如苍生何！话说到这个地步，才长叹一声，也罢！飘然出了仕。李白虽然官中毒，但是他毕竟是诗人，要求比一般人高，他要做官，还要形式上的美感，要心理上十足的满足。

李白的官瘾始终未能得到充分满足，但是这并不是什么怀才不遇。根本就不存在怀才不遇。他没有实现自己仕途上的希望，但同时他并不具备一个杰出政治人物的才能；他在等待和煎熬中成了一个诗人，恰恰使他身上最天才的部分大放光彩，并且至今不曾暗淡。

唐时的两次回看

很喜欢柳宗元的《渔翁》：

> 渔翁夜傍西岩宿，晓汲清湘燃楚竹。烟消日出不见人，欸乃一声山水绿。回看天际下中流，岩上无心云相逐。

读的遍数多了，又觉得其中有些美中不足，是什么又说不清楚。有一天突然发现，到了“欸乃一声山水绿”，不是非常好的结束吗？又有高潮，又新颖别致，又出意境，后面这两句完全可以去掉。

后来读沈德潜《唐诗别裁集》，在这首诗的后面有注：“东坡谓删去末二语，余情不尽，信然。”原来苏东坡早就认为这最后两句删去更好，和我所崇拜的前贤所见略同，令我惊喜，但是苏东坡的理由是为了“余情不尽”，似乎还可以商榷。

唐人有个叫祖咏的，应试须作一首题为《望终南余雪》的诗，限五言六韵十二句，但此公只写了似乎没有写完的四句：“终南阴岭秀，积雪浮云端。林表明霁色，城中增暮寒。”就交卷了。旁人问他惜字之故，答曰：意尽。从艺术创作规律上来看，这真是绝佳的理由。无独有偶，清代的袁枚也赞成“意尽而至，成篇不拘于只偶”的观点。（《随园诗话》卷一第二十首）

《渔翁》一诗，到了“欸乃一声山水绿”，分明意尽，但是柳宗元又加了两句，这两句也是好句，甚至拆开来看不亚于前两句，但是就是觉得多余，削弱了原本已经浑然饱满的艺术感染力。说得苛刻一点，这是诗歌史上最优美的蛇足。

苏东坡认为到这句为止，还有余情，应该是说这样可以留下更广阔的想象空间，更大的回味余地。但是我认为到了这里，其实意已尽，情也尽（情味也完全出来了），如江流入海，已不再有江，留下的是海阔天空。到此为止，不是为“余情”，而是已经“意尽”。

诗文创作，有时也和处理世间事同理：当断则断，免受其乱。“意尽”之后，即使是面对再好的句子，再好的灵感，也应该狠得下心把它去掉，让作品止于所当止。

柳宗元当年创作的情景已不可追索，但是我有一个揣测，这首诗并非一气呵成之作，前四句和最后两句有可能是分两次写出来的，所以气脉不连。若以舞剑作比喻，像一剑挥出，所蓄之势已尽，再向前挺出，就没有气韵可言了。

虽说当断则断，但是何处是当断处，则不是那么容易分辨、决断的，况且往往也是见仁见智，所以不必苛责柳宗元。

也有相反的例子，那就是最后两句不但不能少，而且正是靠它最后完成了作品的意境的。最典型的当数王维的《观猎》：

> 风劲角弓鸣，将军猎渭城。草枯鹰眼疾，雪尽马蹄轻。忽过新丰市，还归细柳营。回看射雕处，千里暮云平。

这首名作具有金戈铁马之力，兼悬河注水之势，劈头先写当时情景，带出气氛，然后才交代事由。前人赞誉不绝——“如高山坠石，不知其来，令人惊绝”（方东树），“前二句若倒转便是凡笔，胜人处全在突兀也。”（沈德潜）中间两联一气流走，跳脱隽永，本来写到猎归回营，整个过程已经完成，但是诗意未尽，剑势尤盛，于是末两句水到渠成应运而生，不但以景色描写呼应了篇首，而且暗含心情由激荡渐平和的变化，最重要的是，将视线从军营拉到远景，“千里暮云平”，使全诗在开阔的意境中结束，前人评价说这样的结尾“亦有回身射雕手段”，我却想到了书法中的有力的回锋，还有杜甫描写剑器舞的两句“来如雷霆收震怒，罢如江海凝清光”。王维此诗全是大手笔，而这个结尾，端的是神来之笔。

有趣的是，这两首诗都是用“回看”来收梢的，但是这两次“回看”效果迥异：柳宗元“看”出了一个优美的蛇足，王维的这一“看”却是万万少不得的豹尾。

向王维致敬

如果要在唐代诗人中选一个完美的人，或者说，如果人间有完美，那么我投王维一票。

这位生年、籍贯都有争议的人，拥有太多无可争议的才华：他自幼聪颖，九岁就能作诗、写文章，后来成为盛唐诗坛上极负盛名的诗人——盛唐是诗的高峰，而王维便是站在高峰之巅的几个人之一。仅仅是这一项，便足以千古流芳，而对于他，这只是一生擅长之一。他还工于草书隶书，娴于丝竹音律，擅长绘画。这样多才多艺的人，难怪年轻时便名动京师，宁薛诸王富贵之门，“无不拂席迎之”。

不少天才往往外表丑陋或者性格怪异，但是根据唐人《集异记》记载：当年的王维却是白皙少年，风姿俊美，而且风流蕴藉，谈吐风趣。面对这样一个人，你除了叹息上苍的偏爱，还能说什么？就是这样一个人，感情生活也经得起挑剔，三十一岁丧妻，竟然不再娶，独身了几十年。

但是王维之所以是王维，毕竟还是因为诗歌。重温一下这些妇孺皆知的诗吧——红豆生南国，春来发几枝。愿君多采撷，此物最相思。(《相思》) 君自故乡来，应知故乡事。来日绮窗前，寒梅著花未？(《杂诗》) 独在异乡为异客，每逢佳节倍思亲。遥知兄弟登高处，遍插茱萸少一人。(《九月九日忆山东兄弟》) 渭城朝雨浥轻尘，客舍青青柳色新。劝君更尽一杯酒，西出阳关无故人。(《送元二使安西》，又名《渭城曲》) ……还有那些空谷传音、清新绝尘、读来耳目如洗、唇齿留芳的名句：明月松间照，清泉石上流；行到水穷处，坐看云起时；山中一夜雨，林杪百重泉；江流天地外，山色有无中；但去莫复问，白云无尽时。……为这些诗句，我向王维致敬。

伟大的盛唐，有人是太阳，有人是寒星，有人是幽兰，有人是磐石；而王维，是松风，是白云，是朗月，是清泉。

一般对王维的印象是：隐居在幽美山水间、不食人间烟火，但他早年的诗歌，却是充满豪侠之气的，像《陇西行》《观猎》，无不慷慨义气，《少年行》更是充满理想主义的浪漫气息："新丰美酒斗十千，咸阳游侠多少年。相逢意气为君饮，系马高楼垂柳边。"这样的浪漫主义，遇到现实的挫折，本来是很容易折断委地，或者归于放浪玩世的，但是王维没有，多遇坎坷之后，他终于从苦恼尘俗中自拔出来，归于心灵的宁静。慷慨激昂与清静超脱，这样的两极，出现在同一个人身上，恰恰证明他具有何等强大的心灵力量。正是这种力量，使他不论在何种处境下都毫不磨灭天才的光芒，都不失去一代诗人的尊严和风范。为了这种心灵力量，向王维致敬。

王维的影响力和感染力是惊人的。同样天才的苏东坡是他的知音，评价他说："味摩诘之诗，诗中有画；观摩诘之画，画中有诗。"这句话几乎成了不同艺术门类互相渗透、作用的定理。许多诗评家对他都推崇得无以复加：清音有余（谢榛），清幽绝俗（施补华），短篇之极则；其气若江海之浮天（方东树），兴来神来，天然入妙，不可凑泊（王士禛），词秀调雅，意新理惬，在泉为珠，着壁成绘（殷璠）……

最高的评价可能来自王士禛。他比较王维和韩愈、王安石后指出："（韩、王）笔力意思甚可喜。及读摩诘诗，多少自在；二公便如努力挽强，不免面红耳热，此盛唐所以高不可及。"（《池北偶谈》）好一个"多少自在"！实在是妙评、绝评。"工""奇""秀""雄"是可及的，只是这"多少自在"，需要何等才气，何等性灵，实在高不可及！

至于“王右丞如秋水芙蕖，倚风自笑”(《诗人玉屑》)，可算最贴切、最迷人的赞美，秋水荷花，本已清丽绝俗，一派天然，况且迎风而笑，其风姿神韵，令人心醉神往。这些赞美本身的文辞也优美如诗，我相信是王维的熏染、点化，使这些人胸次玲珑，妙笔生花。为了这种罕有的艺术感染力，向王维致敬。

对王维的终极评价可能是这样的：中国古代文人最有才气的是三个人，李后主，王维，苏东坡。这个断言是别人做出的，我不敢掠美，但是无限赞同。说这话的是家父潘旭澜。对家父，这可能是自童年他以“床前明月光”为我启蒙以来，我第二次如此崇拜他。为了两代人之间这种文化血缘的沟通，我又多了一个理由，向王维致敬！

绚烂往往归平淡

一代才子的王维，他的人生也跌宕起伏得像一出戏剧。

先是春风得意、鲜花铺路：少年成名之后，他又金榜题名，而且独占鳌头，于开元九年（721）中了状元，时年二十一岁。中了状元之后，他当上了太乐丞，按说他的仕途生涯刚刚开始，前途正未可限量，谁知很快因为手下伶人舞黄狮子犯禁，受牵连而贬为济州司法参军，当年秋天便离开京城到济州赴任。这是他人生的第一次大起大落。

然后便是长长的失意。济州过了四年后，诗人裴耀卿任济州刺史，他和王维同是诗人，又是同乡，两人结下了深厚的友情，可惜裴耀卿很快就去别处任职，使王维不胜惋惜，次年就辞去司法参军之职，离开济州。这一来就赋闲了好几年，其间又经历了妻子去世的打击。

三十五岁那年张九龄执政，他被擢为右拾遗，但张九龄为李林甫所谗被贬，王维亦被排挤为监察御史出使边塞。后来历任左补阙、库部郎中等职。这样又过了十年。因为母亲去世，丁母忧，离朝居于辋川。这是他人生的第二次起落。

他服满后重新做官，当给事中的任上，他迎来了人生的最大危机。安史之乱爆发，安禄山叛军攻入长安，玄宗逃往四川，王维没来得及逃走，结果被抓了。对于一个臣子来说，一旦失节便万劫不复，这个绝顶聪明的人当然知道其中利害，他吃药装哑，拒绝和叛军对话。但是叛军也知道名人效应，怎么也不会放过他，安禄山把他弄到洛阳，关在菩提寺，强迫他任了伪职。这个时候，也许最光辉的选择是以死殉国，但是如果那样，历史上就多了一个以死报君的忠臣，少了一个独一无二的诗人，作为热爱唐诗胜过唐王朝的人，我们真要庆幸王维的不够“坚贞”或者一时软弱。

诗歌给他带来灾祸，但是又给他带来一线生机。当安禄山在凝碧宫大宴部下时，王维写下了他一生中最悲伤的诗句：“万户伤心生野烟，百官何日更朝天。秋槐叶落空宫里，凝碧池头奏管弦。”一年之后，安史之乱平息，所有陷入贼手的官员都被论罪，王维也入狱，按律当死。当些闲职的官，竟也会引来杀身之祸，这是王维一生中最大、最凶险的一次危机。幸好有《凝碧宫诗》

证明他人在贼手、心在朝廷，加上其弟王缙表请削去自己刑部侍郎官职，以赎兄罪，所以得到特别宽待，不但不杀，还让他当了太子中允。这时的王维是五十七岁。到六十岁，他达到一生仕途的高峰，转任尚书右丞——这就是“王右丞”称呼的由来，第二年他就去世了。

他的一生走势实在说不上流畅，种种起落相当磨人，大约他生性有洒脱清宁的一面，否则很容易毁灭或者陷入呼天抢地、牢骚终老的泥潭。看王维的生平，我会不期然地想起一个人——李叔同。同样的少年成名，同样的多才多艺，同样的风流才子，同样的由极绚烂归于极平淡：李叔同是成了一代高僧弘一法师，王维虽然没有出家，但是晚年笃于奉佛，长斋禅诵。是不是人间的大才、奇才，过分的绚烂特别容易导致归于平淡？或是不归于寂寞就会像另一些天才那样早夭而去？这里面也许有一些神秘的密码，不是科学可以破译的。

王维早期、中期的诗，以《山居秋暝》为代表：“空山新雨后，天气晚来秋。明月松间照，清泉石上流。竹喧归浣女，莲动下渔舟。随意春芳歇，王孙自可留。”清新湿润的空气扑面而来，整个大自然都是明净美好的：新雨刚过，天气初秋，明月当头，清泉清冽地流泻着，还有打破寂静的浣女和渔舟，清幽中充满活泼泼的生机，还带着回归恬静生活的欣喜之情。到了后来的《鹿柴》，

“返景入深林，复照青苔上”，幽冷空寂，不见了原来微温、鲜润、灵动的人间景气；到了晚期，他更是“晚年惟好静，万事不关心”，空寂更甚，甚至成了枯寂、死寂。代表性的像《过香积寺》：“不知香积寺，数里入云峰。古木无人径，深山何处钟。泉声咽危石，日色冷青松。薄暮空潭曲，安禅制毒龙。”寺院，古木，深山，危石，寒松，那么的森冷、空旷，结尾更以“安禅制毒龙”喻用佛家思想克制世俗的欲望，直接讲起了干巴巴的佛理。

想想做人实在是难的。若心怀天下，积极进取，强极则辱，容易受挫，难免郁闷、愤恨，若是执著更可能痛苦一生；若沉湎功名、醉心利禄、纵情声色，绝对是俗不可耐，况且容易自祸其身；那么像王维这样超然物外、清净到底呢？倒是不染红尘，又难逃漫漫的枯寂、彻底的虚无。人生如此，如此人生，难怪连弘一法师这等高人，到了圆寂之前，还是“悲欣交集”。

美得让人长叹

看到关于电影《特洛伊》的评论，想起了“美貌”这回事。当今之世，真的是“美色当道”。“惊艳”“美艳”“美女”“花样男儿”“美男”等字样铺天盖地，连带着有了“美貌经济”，甚至有了“只有漂亮者才能生存”的惊人之论。且慢切齿世风日下，痛骂人心不古。先来看看古人在美貌之前如何自处？

不能不说到汉武帝和他的宠妃李夫人。李夫人虽然不是“宛转蛾眉马前死”，但也早早仙逝，留下对她不能忘怀的武帝。《汉书·外戚传》记载：“夫人早卒，方士齐少翁言能置其神。乃夜张灯烛，设帏帐，令帝居帐中，遥望见好女如李夫人之貌。不得就视，帝愈悲感，为作诗。”于是有了《李夫人歌》：“是耶非耶？立而望之。翩何姗姗其来迟！”

齐少翁的“招仙术”其实就是皮影。不能靠近的影子怎能安慰失去心爱美人的伤痛？于是武帝又写下了

《落叶哀蝉曲》："罗袂兮无声，玉墀兮生尘。虚房冷而寂寞，落叶依于重扃。望彼美之女兮，安得感余心之未宁。"无情不似多情苦，而那位李夫人，应该是美得令人长叹的吧。

有个成语形容美貌，叫作"倾国倾城"，有一首诗正道着其事："北方有佳人，绝世而独立。一顾倾人城，再顾倾人国。宁不知倾城与倾国，佳人难再得。"可见古人对美貌的杀伤力早有洞察，但是当这种美貌达到极为稀有程度（类似于今天的某种储量极少而不可再生的天然资源）时，还是愿意为之付出很大代价。这首诗的作者李延年，也是汉武帝时人，知音律，善歌舞，他对武帝唱了这首诗，目的是为了将自己的妹妹推荐给武帝。《古诗源》中，这首诗的后面沈德潜先狠狠批评了他"欲进女弟，而先为此歌，倡优下贱之技也"。沈德潜的愤怒大可不必，如果皇帝不喜欢美女，那么李延年唱到吐血身亡也是枉然，既然皇帝喜欢佳人，李延年对症下药顺水推舟而已，虽与高尚毫不沾边，也谈不上多丑恶下贱。

但是沈德潜后面的话很有意思，也有见地："然写情自深。古来破家亡国，何必皆庸愚主耶？"承认了这首诗的艺术成就。这首诗对美人的赞美可谓登峰造极，其刻画手法却相当巧妙，不正写美人相貌风姿——那是最难写的，而写美貌可以造成的后果，再写旁人明明知道这种后果，还是不能割舍，更衬出美人美到了何等地步。那被迷被误的心甘情愿，千古之后的人除了一声长叹，又能说什么呢？说了不怕被冷冷回一声“干卿底事”么？

每次读李延年的这首诗，我都会想：那是什么样的美人啊，明知道会倾国倾城还是想拥有她？也许就像面对碧清透蓝的水会想投身沉溺、面对云霞缭绕的山谷会想纵身跃下那样，面对世间少有的绝美，人会有自我毁灭的冲动？

《荷马史诗》中，当特洛伊老一辈的首领看到引起多年战争、导致无数战船与勇士灰飞烟灭的海伦时，他们发出了惊叹：“好一个美人！难怪特洛伊人为她愿意承受经年的战争！谁能责备他们呢？”这和中国传统文化“红颜祸水”“美人妖孽”的论调显然是大异其趣的。只有“佳人难再得”这种主流之外的声音与之合拍。

重视美貌，不是当代的流行病，而是古已有之的“人性的弱点”。不过如今整容风行，若再有能够引起战争的美女出现，恐怕要先考证一下她是天生丽质还是人造赝品了。

天凉了，读杜甫吧

初秋是个微妙的季节。从暑热中挣脱出来，怀着喘息刚定的喜悦，却发现西风漫漫，吹来了预示一年由盛转衰的缕缕秋凉，带来了一种苍茫。

昨天在街口，迎着秋天的第一阵风，涌上我心的是这两句诗：凉风起天末，君子意如何？才知道，一直以为不那么喜欢的杜甫，早就潜伏在我的血液里了。

过去一说到杜甫，第一个反应是微微皱眉。这要归罪于课本选的杜诗一味强调“人民性”“战斗性”，弄得一提杜甫就是“三吏三别”，就是“车辚辚马萧萧”，就是“安得广厦千万间”，再没有别的。最初的这个形象如此根深蒂固，以至于后来知道李白比杜甫大十一岁时我非常惊奇，怎么，老气横秋的杜甫竟然比意气飞扬的李白，年轻了那么多？即使这样，这个“诗圣”在我心目中，还是一个整日忧国忧民、愁眉苦脸的夫子，一个从做人到作诗都过分严谨、一板一眼、无趣、沉闷的人。

这样的人，应该尊敬，但是无法亲近。

重新认识杜甫，是因为这首诗：

人生不相见，动如参与商。
今夕复何夕，共此灯烛光。
少壮能几时，鬓发各已苍。
访旧半为鬼，惊呼热中肠。
焉知二十载，重上君子堂。
昔别君未婚，儿女忽成行。
怡然敬父执，问我来何方。
问答乃未已，驱儿罗酒浆。
夜雨剪春韭，新炊间黄粱。
主称会面难，一举累十觞。
十觞亦不醉，感子故意长。
明日隔山岳，世事两茫茫。

——《赠卫八处士》

这首诗像一杯陈酿，滋味醇美，一饮即醉，却忍不住一饮再饮。读这首诗，才知道什么叫“沧桑”，什么叫“古道”，什么叫“热肠”！难得全诗写来只是家常话，质朴自然。

不，不是杜甫，简直就是我们自己，亲历了那温暖人心又五味杂陈的一幕——二十年不见的老朋友蓦然相见，不免感慨：你说人这一辈子，怎么动不动就像参星和商星那样不得相见呢？今天是什么日子啊，能让同一片灯烛光照着！可都不年轻喽，彼此都白了头发。再叙起老朋友，竟然死了一半，不由得失声惊呼心里火烧似的疼；没想到二十年了，我们还能活着在这里见面。再想起分别以来的变化有多大啊，当年你还没结婚呢，如今都儿女成行了。这些孩子又懂事又可爱，对父亲的朋友这么亲切有礼，围着我问从哪儿来。你打断了我和孩子的问答，催孩子们去备酒。吃的自然是倾你所有，冒着夜雨剪来的春韭肥嫩鲜香，还有刚煮出来的掺了黄粱米的饭格外可口。你说见一面实在不容易，自己先喝，而且一喝就是十大杯。十大杯仍然不醉，这就是故人之情啊！今晚就好好共饮吧，明天就要再分别，世事难料，命运如何，便两不相知了。

这样的家常情景，这样的故人之情，对经历战乱动荡、颠沛流离的人，无异于上苍的怜惜。那种短暂的温暖和片刻的安宁，如杀戮血水中的一朵白莲，如滚滚尘埃中的一粒珍珠，越是洁白朴素，越是光彩夺目，动人心魄。

不明白为什么中学课本不选这首？这不仅能让少年人亲近杜甫，而且对那些沉湎电脑的青少年也是人情美、人性美的绝好熏陶。

当然，杜甫的大部分诗是要到中年之后才能读懂的。比如“尔曹身与名俱灭，不废江河万古流”，比如“眼枯即见骨，天地终无情”……还有那首千古绝唱、七律第一的《登高》：“风急天高猿啸哀，渚清沙白鸟飞回。无边落木萧萧下，不尽长江滚滚来。万里悲秋常作客，百年多病独登台。艰难苦恨繁霜鬓，潦倒新停浊酒杯。”纵是悲苦，也这样开阔，纵是沉重，也这样浑厚。催下来的泪，也是滚烫的英雄泪。

夏天应该读王维以消暑气以求清凉，天凉了，就读杜甫吧！瑟瑟秋风中暖一暖心肺。

从一朵花爱起

让一个诗人在我们心目中活着的，往往不是大节，而是细处。春天的时候，你脱口而出“沾衣欲湿杏花雨，吹面不寒杨柳风”（南宋僧志南句），你会赞叹这两句诗的细腻鲜活，却不惦记作者是腐败朝廷的鹰犬还是世外的高人。

自从《赠卫八处士》让杜甫在我心目中走下神坛，我开始断断续续重读杜甫。渐渐地，我发现了杜甫的可爱之处。是的，他是个仁厚心肠的人，对天下苍生，对妻子，对儿女，对朋友，对邻居，都怀着那样真挚的爱，那样深切的怜惜，当得起“肠热心清，圣德之至”的评价。是的，他也是个对人生无比眷恋，从不绝望的人，那种痛苦的深情，使他像一个单恋的恋人。更重要的是，他是一个对美敏感、细致的人。只要生活让他得到一刻安宁，他的眼睛就会发现一些让人惊喜的美，哪怕只是断片，哪怕非常细小。

他是多么喜欢花草啊。在成都的草堂，他写下了“风含翠筱娟娟净，雨浥红蕖冉冉香”，上句风中有雨，下句雨中有风，而绿红鲜明。“绿垂风折笋，红绽雨肥梅”，更将色彩放在开头，醒目异常，一个“绽”字一个“肥”字何等鲜活。

所到之处，简直满眼是花，处处花香：“蔼蔼花蕊乱，飞飞蜂蝶多”；“江动月移石，溪虚云傍花”；“迟日江山丽，春风花鸟香”；“江碧鸟逾白，山青花欲燃”；“云掩初弦月，香传小树花”……因为惜花，难免伤春——“一片花飞减却春，风飘万点正愁人。”他抗议折损花木的行为：“手种桃李非无主，野老墙底还是家。恰似春风相欺得，夜来吹折数枝花。”虽然婉转，还是非常心疼。

集中体现他一片爱花心肠的，当数《江畔独步寻花七绝句》。其中一首是这样的：“黄师塔前江水东，春光懒困倚微风。桃花一簇开无主，可爱深红爱浅红？”面对满树盛开、娇艳动人的桃花，白发苍苍的杜甫居然产生了一个孩子气的问题：到底要爱深红色的，还是要爱浅红色的呢？

另一首是：“黄四娘家花满蹊，千朵万朵压枝低。留连戏蝶时时舞，自在娇莺恰恰啼。”那茂盛浓密的花朵，那被压得低垂下来的枝条，那时时飞舞的蝴蝶，那客来正好啼鸣的黄莺，组成了一幅动感迷人的春日画卷，蕴含着无限欣喜之情。

最见爱花之情的可能是这首：“不是爱花即欲死，只恐花尽老相催。繁枝容易纷纷落，嫩蕊商量细细开。”第一句诗解释自己是爱惜流年时光，不是仅仅爱花爱得要死（其实恰恰证明爱花爱得非比寻常）。后面两句，说花一旦盛开就会纷纷凋落，所以还没开的可要商量斟酌着慢慢地开啊。这两句是他对花爱怜的叮嘱，他甚至觉得花苞们懂得“商量”，这里的花不但解语，简直是一群机灵乖巧的小精灵。

这种对花花草草的热爱，在我看来，不但无损他对国对民的大爱，而且正是对一花一叶的爱，使得他对祖国、对百姓的爱更有血有肉、更可触摸。

同样地，我最喜欢宋代大诗人陆游的，也不是他的“铁马秋风大散关”那种带一点虚夸的豪放之语（我对诗人们的政治军事才能大多存疑，何况陆游堂堂七尺男儿连心爱的妻子都保不住，谈何保家卫国），而是“山重水复疑无路，柳暗花明又一村”的乐观智慧，而是“小楼一夜听春雨，深巷明朝卖杏花”的清新明丽，在这样带着雨意花香的句子里，我感觉到了他对生活中的诗意美的敏感和热爱，仅仅出于不能容忍这样的美遭到破坏、践踏，他也会是爱国的。

至少在人类可以预见的将来，爱国总是一种可贵的情感。以往一说爱国往往就是神圣领土，就是上下五千年，其实日常生活不必如此“宏大叙事”，爱祖国，不妨从一朵花爱起，不论她是开在唐诗里，还是就开在你的脚下。

似这般花花草草由人恋

沈从文先生有一本文物与艺术研究文集，叫作《花花朵朵，坛坛罐罐》。小说家就是小说家，除非你一个字都不许他写，只要落笔成文，感性本能和文字功底就藏不住。我当初就是为了这个书名，买了这本书。

曾经以为，可以公开表露对花花朵朵的热爱，是身为女子的特权之一。可是读古人的诗，才知道这是我的“妇人之见”。

三曹的时代，确实是大处着眼的，写沧海，写宇宙，写悲风，写日月，细处最多写骏马，写飞鸟，对于植物往往笼统——“百草丰茂”“嘉木绕通川”之类一言以蔽之。

到了元气淋漓、血脉酣畅的唐代，开放时代和尽情尽兴的光辉照耀之下，花花朵朵在诗歌中复活了，而且活得从来没有过的鲜润、艳丽、恣肆。

先看国色天香的花王牡丹。咏牡丹的有白居易的

《买花》、《白牡丹》（数首）、《惜牡丹花》、《牡丹芳》，李商隐的《牡丹》《回中牡丹为雨所败二首》，刘禹锡《赏牡丹》，罗隐《牡丹》，令狐楚《赴东都别牡丹》，王建《题所赁宅牡丹》，徐凝《开元寺牡丹》……刘禹锡对牡丹的评价很有代表性，而且反映了当时的审美标准："庭前芍药妖无格，池上芙蕖净少情。唯有牡丹真国色，花开时节动京城。"

民间的桃花如何呢？《洛阳女儿行》第一句就是："洛阳城东桃李花，飞来飞去落谁家。"李峤写了一组《桃花行》，李白有《桃花开东园》。倔强可爱的刘禹锡贬官之后回长安，写了"玄都观里桃千树，尽是刘郎去后栽"的诗句，导致再次被贬，真是最不好玩的"命犯桃花"。但是十几年后他被召回，马上写了《再游玄都观绝句》："百亩庭中半是苔，桃花净尽菜花开。种桃道士归何处？前度刘郎今又来。"更显倔强，是未被毁灭的智者唇边的一朵嘲讽的微笑。崔护的"去年今日此门中，人面桃花相映红。人面不知何处去，桃花依旧笑春风。"则是一个绮丽的爱情故事了。

荷花开了满纸。李商隐有《赠荷花》，赞美荷花"舒卷开合任天真"，"此花此叶长相映"。陆龟蒙的《白莲》则感叹"此花真合在瑶池"。"荷叶罗裙一色裁，芙蓉向脸两边开"（王昌龄）既写了荷花也写了采莲女，花即是人，人即是花。

桂花香染衣襟。“独有南山桂花发，飞来飞去袭人裾”（卢照邻），在这里桂花香和“年年岁岁一床书”的书香一起，衬托的是不慕荣利的高洁人品；“人闲桂花落，夜静春山空”（王维），只有表里俱静，才能听到桂花落的声音吧，如果“喧喧车马度”，那只能是看牡丹了。好在“兰叶春葳蕤，桂华秋皎洁”，自有风节，“草木有本心，何求美人折！”（张九龄）

不说梅花、菊花这些花中君子，还有梨花、李花这些春天使者，连飘零的红叶，都会催生一段爱情传奇，“流水何太急，深宫尽日闲。殷勤谢红叶，好去到人间。”（宫人韩氏《题红叶》）红叶题诗，顺水飘出宫外，最终成就了姻缘。

当然广义写花的名句也多：“夜来风雨声，花落知多少？”（孟浩然）“春城无处不飞花”（韩翃），“晓看红湿处，花重锦官城”（杜甫），“乱花渐欲迷人眼，浅草才能没马蹄”（白居易）。

在唐人眼中，连草都是那么可爱。“独怜幽草涧边生”（韦应物）似工笔，“天街小雨润如酥，草色遥看近却无”（韩愈）则是写意，将嫩草绿意、一抹春色写得十分传神。他们甚至关注一些比较冷僻的植物：“槲叶落山路，枳花明驿墙。”（温庭筠）他们连微不足道的苔藓都没有错过：

“山碧沙明两岸苔”（钱起），“水多菰米岸莓苔”（杜牧）。

因为有诗，“原来姹紫嫣红开遍”，并不“都付与断井颓垣”（《牡丹亭》唱词）。在诗中“似这般花花草草由人恋”，那么现实的生活虽然曲曲折折不遂人愿，是否仍可以“酸酸楚楚无人怨”？

喜悦之诗

读古诗稍久的人，大概都会发现：古诗的情绪，忧愁的多，快乐的少；忧郁的多，爽朗的少；苦闷的多，喜悦的少。

时值新年，倒偏要找几首欢欢喜喜、兴高采烈的喜悦之诗来读，取个吉祥之意。

第一首是孟郊的《登科后》。

昔日龌龊不足夸，今朝放荡思无涯。

春风得意马蹄疾，一日看尽长安花。

往日的困顿郁闷都不值一提了，终于金榜题名了，心里有说不出的惊喜、畅快，眼前天高云阔、大道平坦，后面两句是情景交融的实际，因为发榜是在春天，放榜后新进士们会在曲江宴集，策马长安，这两句描写的就是这种情景，但是更是抒写心情，淋漓尽致地写出了欣喜若狂、得意扬扬。这两句诗不但本身精彩，还留下了“春风得意”与“走马看花”两个成语。

这首诗确实是喜悦之诗，当时孟郊四十六岁，此前两次落第，这次终于进士及第，无异于一下子掀掉了压在身上多年的沉重巨石，从平地一下子被好风送到了快乐的巅峰，那种喜悦，因为突如其来，因为非常巨大，使得诗人像微醉一样都有点失态了，但是正因为这种失态，使得喜悦非常真实，非常有感染力。这样的快乐巅峰几人能有？纵有，一生能有几次？能持续几时？正因如此，这首诗表现出的纯净而浓烈的喜悦，格外值得珍惜。

第二首是杜甫的《闻官军收河南河北》。

剑外忽传收蓟北，初闻涕泪满衣裳。
却看妻子愁何在，漫卷诗书喜欲狂。
白日放歌须纵酒，青春作伴好还乡。
即从巴峡穿巫峡，便下襄阳向洛阳。

战乱中漂泊在外的诗人，突然听到唐军收复了洛阳等地，叛乱平息的消息，“真如春雷乍响，山洪突发，惊喜的洪流，一下子冲开了郁积已久的情感闸门，喷薄而出，波翻浪涌。”（《唐诗鉴赏辞典》，霍松林语）他先是喜极而泣，然后看到亲人欢天喜地，自己也便漫卷诗书，欣喜若狂，接着又是唱歌又是纵酒，然后马上规划起回老家的行程：在大好春光中，全家人一起，飞快地经过巴峡、巫峡，下襄阳，然后就到洛阳了。这种千山万水转眼即到的想象，是诗人急于返乡的心情写照，也是被喜悦浪潮挟裹、被兴奋“冲昏头脑”的结果。天下平定，得以回家，这种喜悦，因为和普天下苍生相联系，确实比春风得意大登科、洞房花烛小登科都广阔厚重。

然而初唐时的喜悦不是这样的，那时是少年气象，生机勃勃，元气充沛的，那时的喜悦不会悲喜交集，而是单纯美妙，有时似乎没理由，甚至有点没心没肺，没有挫败的阴影，没有衰老的渣滓。“新丰美酒斗十千，咸阳游侠多少年。相逢意气为君饮，系马高楼垂柳边。”（王维《少年行》）何等豪纵不羁，何等挥洒自如！唐代是中下层知识分子在政治上扬眉吐气的时代，这些歌咏游侠的诗篇都是开明时代在心灵上的投影。这样自然流露的喜悦，至今读来，还让人心生羡慕。到晚唐，王朝的气数将尽，纵然是满足，纵然是淡淡的喜悦，也带上了浓浓的暮色：“天意怜幽草，人间重晚晴。”（李商隐《晚晴》）

第三首喜悦之诗是陶渊明的《归园田居》。

少无适俗韵，性本爱丘山。

误落尘网中，一去三十年。

羁鸟恋旧林，池鱼思故渊。

开荒南野际，守拙归园田。

方宅十余亩，草屋八九间。

榆柳荫后檐，桃李罗堂前。

暧暧远人村，依依墟里烟。

狗吠深巷中，鸡鸣桑树颠。

户庭无尘杂，虚室有余闲。

久在樊笼里，复得返自然。

厌倦官场污浊，不为五斗米折腰的陶渊明，终于辞职归田了。回归田园，满眼都是优美的景物，纯朴自然的人间景气，他的心情是那么愉悦、轻松，有一种笼中鸟回到树林、池中鱼回到江河的解脱感、归宿感。这是和《登科后》指向相反的喜悦，但是同样强烈，同样发自内心，因此有着同样强大的感染力。

“遇”也好，不遇也罢，得意也好，失意也罢，最重要的是自在，是“但使愿无违”（陶渊明句），只要能做到这一点，无论进退荣辱，都会有喜悦，喜悦在心，任谁也夺不去。

且看高手唱反调

这里所谓“唱反调”，不落窠臼、独出心裁者也。一些高明的诗人往往也是唱反调的好手。

唱谁的反调呢？首先是唱心理定势的反调。

离别时往往是悲伤失落的，“黯然销魂者，唯别而已矣！”（江淹《别赋》）但是唱反调者偏偏不然。如王勃的《送杜少府之任蜀川》，不但认为“海内存知己，天涯若比邻”，最后还说：“无为在歧路，儿女共沾巾”——不要在临别时作小儿女态，哭哭啼啼的！豁达坚定，胸怀开阔，不但摆脱了一写离别就凄清缠绵的积习，而且认为人之相交贵在心心相印而不在朝夕相处，见识胜人一筹。而王昌龄的《送柴侍御》的反调则唱得婉转：“流水通波接武冈，送君不觉有离伤。青山一道同云雨，明月何曾是两乡。”迁想妙得，出人意料，表达的虽然和“海内存知己，天涯若比邻”相近的意思，但是富有想象，具有浓郁的抒情气质，不像前者带着哲理味道。将离愁别绪的反调唱得最高亢豪迈的，当数高适的《别董大》："千里黄云白日曛，北风吹雁雪纷纷。莫愁前路无知己，天下谁人不识君？"语出肺腑，充满友情和信念的力量，掷地有声，岂但不效小儿女临歧落泪，直如一杯醇厚烈酒，堪壮志士行色！

秋天是容易引发忧郁的季节，大自然"无边落木萧萧下"，使人觉得萧索、凄凉、寂寞、感伤，"悲秋"和"伤春"，可以并列"诗词常见主题榜"前几位。但是，也有人唱出了欢快明朗的反调。最出色的当推刘禹锡的《秋词二首》之一："自古逢秋悲寂寥，我言秋日胜春朝。晴空一鹤排云上，便引诗情到碧霄。"旗帜鲜明地唱反调，将秋天写得何等生气勃勃、令人精神振奋！杜牧也喜欢秋天："楼倚霜树外，镜天无一毫。南山与秋色，气势两相高"（《长安秋望》），这是比较单纯的秋天赞歌；再看："江涵秋影雁初飞，与客携壶上翠微。尘世难逢开口笑，菊花须插满头归。但将酩酊酬佳节，不用登临恨落晖。古往今来只如此，牛山何必独沾衣？"——《九日齐山登高》则是与抑郁抗争之后的爽快旷达。

还有与人之常情唱反调的。"岭外音书断，经冬复历春。近乡情更怯，不敢问来人。"（宋之问《渡汉江》）与家人久断音讯，快到家乡了，本应迫不及待地打听消息，但是这里表现的却相反，是近乡情怯，不敢打听了，写对家人的惦念、忧虑，更深一筹。杜甫的“反畏消息来，寸心一何有!”(《述怀》)有异曲同工之妙。夫妻战乱中久别重逢，却不写喜悦，反写惊疑：“夜深更秉烛，相对如梦寐。”(杜甫《羌村》其一)也是唱人之常情的反调，给人留下深刻印象。

稍涉“宏大叙事”的，是对历史定论唱反调。这方面，杜牧是一等好手。比如赤壁之战，明明是孙刘联军以火攻战胜了曹军，他偏偏设想相反的可能：“东风不与周郎便，铜雀春深锁二乔。”(《赤壁》)写出了历史重要关头某些因素的决定性，以及历史发展进程中包含着的偶然性。对项羽的乌江自刎也不以为然：“胜败兵家事不期，包羞忍耻是男儿。江东子弟多才俊，卷土重来未可知。”(《题乌江亭》)认为胜败乃兵家常事，欲成就大业应该有卧薪尝胆的承受力和百折不挠的坚毅、韧性。如此别出心裁，反说其事，前人评价杜牧“用翻案法，跌入一层，正意益醒”。这种手法，若才气不足，往往显得勉强，而小杜是大才子，自然挥洒自如。李商隐也有这份才情，他的《嫦娥》将长生不死的仙子写成了让人同情的孤苦女人：“嫦娥应悔偷灵药，碧海青天夜夜心。”虽然是借题发挥，但是对嫦娥的看法也是唱了一点反调。

感谢这些唱反调的诗人，因为他们，诗歌古老虬劲的树枝上，开出了朵朵个性之花，因为色彩与众不同而格外鲜明。

那些不朽的牢骚

孔圣人说过："诗可以兴，可以观，可以群，可以怨。"可以这个可以那个，但是我们的先人可不管那么多。所谓不平则鸣，所谓忍无可忍，那些民谚、民谣、童谣、民歌里，经常可以听到他们怨气冲天或者咬牙切齿的声音。

有的牢骚是关乎个人命运的。比如先秦时的《琴歌》："百里奚，五羊皮。忆别时，烹伏雌，炊扊扅，今日富贵忘我为？"这首歌的背景是这样的："百里奚为秦相。堂上乐作，所赁浣妇自言知音，因抚弦而歌。问之，乃故妻也。"这位被遗忘了的糟糠之妻，真是毫不留情："百里奚啊，你这个忘恩负义的穷小子！想当初，你出去找工作那天，我宰了抱窝的老母鸡，我把门闩当柴禾烧了给你炖鸡吃；今天你当了大干部，你都忘了吗？你都忘了吗？我把你个百呀么百里奚……"（诗人、作家周涛版译文）比起宫里遮遮掩掩、强作温婉的《怨歌行》的"常恐秋节至，凉飙夺炎热。弃捐箧笥中，恩情中道绝”（班婕妤）之类，实在要痛快淋漓得多。《饭牛歌》则是怀才不遇的牢骚：“……粗布衣兮缊缕，时不遇兮尧舜主。牛兮努力食细草，大臣在尔侧，吾当与汝适楚国。”守着牛，却已自封大臣，难怪齐桓公听了说：“这不是一般人啊！”马上将他带回去，委以重任。

也有为别人打抱不平的。《忼慷歌》：“贪吏而不可为而可为，廉吏而可为而不可为。贪吏而不可为者，当时有污名；而可为者，子孙以家成。廉吏而可为者，当时有清名；而不可为者，子孙困穷被褐而负薪。贪吏常苦富，廉吏常苦贫。独不见楚相孙叔敖，廉洁不受钱！”楚相孙叔敖尽忠廉洁，死后没有家产，其子贫困到了砍柴为生的地步，优孟同情他，就扮演孙叔敖在楚王面前唱了这首歌，使孙叔敖之子得以“落实政策”。

“狡兔死，走狗烹。飞鸟尽，良弓藏。敌国破，谋臣亡。”这既是深刻的经验，也是饱含血泪的牢骚。

“上求材，臣残木。上求鱼，臣干谷。”（《古谚古语》）为了满足朝廷的欲求，下面的官吏什么干不出来？老百姓要遭受的惊扰、苦难，又怎么能说得完？

“牢耶石耶？五鹿客耶？印何累累？绶若若耶。”（《牢石歌》）这是汉元帝时的民歌，讽刺宦官石显、仆射牢梁、少府五鹿充宗结为党友，依附者都得到官位的官场腐败。

《逐弹丸》只有六个字："苦饥寒，逐弹丸。"当时有个叫韩嫣的人喜欢打弹弓，居然用金子做弹丸。京城里那些饥寒交迫的孩子，就跟着韩嫣，到处追逐他打出去的弹丸。贫富悬殊，一至于此！

"灶下养，中郎将。烂羊胃，骑都尉。烂羊头，关内侯。"(《灶下养》)看看被封官授爵的都是什么人，不是烧火做饭的，就是杀猪宰羊的，这是《东观汉记》中记载的当时的"干部选拔标准"和百姓的不满。

最惊心动魄的是这首《顺帝时京都童谣》："直如弦，死道边。曲如钩，反封侯。"君子遭殃，小人得势，十二字道尽当时社会的黑暗，令人不寒而栗。

《桓帝初小麦童谣》则痛苦地诉说了青壮劳力都去征战，粮食无人收割的情景："小麦青青大麦枯，谁当获者妇与姑。丈夫何在西击胡。吏置马，君具车，请为诸君鼓咙胡。"鼓咙胡，就是不敢公开说，私下嘀咕的样子。(后来彭德怀的"我为人民鼓与呼"，就是从这里化出，彭德怀将吞吞吐吐变成大声疾呼，是将军本色使然。)

"举秀才，不知书。举孝廉，父别居。寒素清白浊如泥。高第良将怯如鸡。"(《桓灵时童谣》)秀才没文化，孝廉不孝顺，各种本应引领社会风气的"先进标兵"都名不副实，成了让人齿冷的绝大讽刺，社会现状可想而知。

所谓"屋漏在上，知之在下"(《梁史》)确实是真理，但“足寒伤心，民怨伤国”（《史照通鉴疏引谚》）则未必完全正确，其实，有民怨是正常的，民怨沸腾才不正常；听到民怨不可怕，听不到民怨才真正可怕，一旦人人缄口不谈国事，只能“道路以目”——就是鲁迅先生所谓“不在沉默中爆发，就在沉默中灭亡”的境地了。

考察历代的民怨，不但可以了解当时的社会矛盾、风俗人情，还可以看出人心向背、价值取向。甚至可以看出当权者的政绩，至少在理论上是这样——如果百姓在抱怨赏梅时太挤了，那么他们一定是吃饱穿暖了的，不用说，世道也一定是太平的。这种抱怨，岂不是赞美么。

魂魄与君同

“文人相轻”，这是自古以来的定论，中国历代许多不争气的文人，也纷纷以自己一时的行为甚至一生来为这句话提供例证。但是，凡有例，便有例外，文人也不都是这样的。

说到文人相重、相亲，我第一个想起的是李白对谢朓。我本来想说这是文人友情的典范，但是马上觉得不妥当，因为谢朓（464 ~ 499）是南北朝（齐）时的一代诗人，李白（701 ~ 762）和他不是一个时代，当他后来沿着谢朓的足迹登上谢朓楼时，谢朓已经死了二百多年，根本不可能知道后世有个叫李白的人对他是何等的倾慕。

李白对谢朓，确实是引为心灵的知己，艺术上的同道，而且一生不渝。前人早就注意到这一点，说他“一生低首谢宣城”（清代王士禛），而李白自己也说“今古一相接”，都非常准确。李白写到谢朓的，最著名的可能当数这一首，《金陵城西楼月下吟》：

金陵夜寂凉风发，独上高楼望吴越。

白云映水摇空城，白露垂珠滴秋月。

月下沉吟久不归，古来相接眼中稀。

解道澄江静如练，令人长忆谢玄晖。

“澄江静如练”是谢朓的名句，玄晖是谢朓的字，李白这是将谢朓的诗句和名字直接写进了诗中。

如果说李白诗像一条风景雄奇的山路，那一路上野花一般随处盛开的，则是谢朓的名字：诺谓楚人重，诗传谢朓情。/谢亭离别处，风景每生愁。/曾标横浮云，下抚谢朓肩。/三山怀谢朓，水澹望长安。/谁念北楼上，临风怀谢公。/蓬莱文章建安骨，中间小谢又清发。/我吟谢朓诗上语，朔风飒飒吹飞雨。/宅近青山同谢朓，门垂碧柳似陶潜。……

既然一向目中无人，“古来相接眼中稀”，为什么独独对谢朓如此偏爱，如此推崇，如此敬慕到无以复加？

首先，当然是因为谢朓的诗。谢朓的山水诗，诗风清新秀逸，意境新颖，不但直接影响到唐代孟浩然、王维等山水诗一派，而且符合李白追求“清真”的艺术标准。

其次，是因为境遇上的同病相怜。谢朓有大才，也有大名，因此遭人忌恨，屡遭排挤，李白也是一生都在长叹“行路难”，苦于“大道如青天，我独不得出”，所以对谢朓的不幸格外有共鸣。

上面这两点，前人多有论及。但我总觉得应该还有更深层的原因，古来优秀诗人也不少，境遇不好甚至一生坎坷的也多，为什么就圈定谢朓？

细细推想，觉得至少还有两点：一是，一种自我人格的投射。有人说谢朓和李白一样，性格孤直、傲岸，这真是误会。谢朓一生谨慎低调，奉行的是明哲保身，不像李白那么半真半假的狂傲。不过谢朓并未完全对政治游戏死心。他在关键时刻出卖了自己的岳父，除了胆小惧祸，也有得到重用的企图。弄得当时人人不齿，他的妻子甚至揣着刀要杀他，使他不得不躲着妻子。后来他又一次卷进宫廷政变，送了性命。李白对这样的大污点视而不见，可能是他觉得天才在这些问题上犯的错误应该得到原谅？或者是，李白并不觉得道德高尚比得到仕途机会更重要？我猜测，如果李白生在谢朓的时代，遇上相同的人生关头，他即使不会和谢朓做出相同的抉择，也高明不到哪里去。就对政治的不能忘情，却无良好的大局观，屡屡投机惨遭失败而言，可以说，谢朓，就是另一个时空中的李白。原谅了他等于原谅了自己。

另一个，就是谢朓的高贵出身。谢朓生于真正的世家大族，门庭高贵，是所谓“旧时王谢”的“谢”，母亲还是公主。魏晋南北朝极重门阀，等级森严，到了唐代这种传统风气仍未彻底改观，出身寒门的即使当了大官仍然要仰望名门，除非通过高攀联姻否则进不了贵族圈子。

身处这种风气之中，李白也不能免俗，他自称是“凉武昭王九世孙”，但谱牒无征，在当时就未得到承认，事实上出身并非名门显族，于是，在选择一个终身崇拜的诗人偶像的时候，他毫不犹豫地在众多优秀的前辈诗人中，选了一个如假包换、绝对出身名门的谢朓，这对自己的身价也是一种潜在的抬举。

当然，这后两个原因也不足以降低李白对谢朓感情的真挚和长久。从根本上讲，这仍然是一个大诗人对另一个大诗人的高度欣赏和深刻相通，比起轻薄为文、贬低前贤，同时相轻、互相践踏，不知道要高尚多少倍、可爱多少倍！

这种超越时空的强烈感情，确乎不能叫“友情”，如果斗胆将晏几道词改一个字，可以叫作——魂魄与君同。

距离的美感

现代人正在失去什么？除了唱和、鱼雁、手书的艺术，望远、思乡、等待的情怀，我们甚至失去了真切的“在路上”的感觉。只有出发和到达的旅行，可以用时间和价格准确衡定，除了空难和恶劣天气的延阻，一切将完全是“已知”的旅途，那还是旅行吗？

看看大唐的人是如何“在路上”的吧。

长安、洛阳两都，都筑有自宫殿门直通城门的宽敞大街，因常有天子车马经过，故称“天街”。“天街小雨润如酥，草色遥看近却无”（韩愈《早春呈张十八员外》），“天街夜色凉如水，卧看牵牛织女星”（王建《宫词》）写的就是都城御道。

要出京城，可以沿着驿道出发。亲友相送，往西送到渭城，往东送到灞桥（又叫灞陵桥），在此折柳相送，依依惜别。“别时容易见时难”，难免黯然神伤，因此此桥又叫“销魂桥”。李白的《灞陵行送别》，第一句就是：

"送君灞陵亭，灞水流浩浩。"李商隐则认为："灞陵柳色无离恨，莫枉长条赠所思。"然而，关于灞桥的千古绝唱，应该是无名氏（一说李白）的《忆秦娥》：

箫声咽，秦娥梦断秦楼月。
秦楼月，年年柳色，灞陵伤别。
乐游原上清秋节，咸阳古道音尘绝。
音尘绝，西风残照，汉家陵阙。

多么深沉的时空意境，多么空阔的沧桑联想，这四十六个汉字给了灞桥灵魂。

当时著名的桥还有很多，有赵州桥、天津桥、太阳桥等，有人文胜迹、"二十四桥明月夜，玉人何处教吹箫"（杜牧）的二十四桥（后来又被称为吹箫桥）；有"姑苏城外寒山寺，夜半钟声到客船"（张继）的枫桥……

陆上交通有车、骑、轿子等交通工具。旅途中可以找到星罗棋布的馆驿，馆驿提供官员因公出行时的食宿、交通工具和书邮传递。每三十里设置一驿，一驿就是一程。"风光四百里，车马十三程。"（白居易）文人到了馆驿，旅思触动，多有题咏，而且就写在墙上、柱上，白居易对元稹说："每到驿亭先下马，寻墙绕柱觅君诗。"可见馆驿题诗这种"发表"方式相当普遍。

普通百姓出门就投宿旅店。不但有旅店，还有酒家、食肆，“借问酒家何处有？牧童遥指杏花村”（杜牧《清明》），写的是行人细雨中赶路，想饮酒消愁的情景。唐代商业繁荣，商人往往远途贩卖，“商人重利轻别离”（白居易《琵琶行》），不辞千里甚至漂洋过海：“海客乘天风，将船行远役”（李白《估客行》）。

水路交通靠舟船，而当时舟船多是使帆。李白在黄鹤楼送孟浩然，“孤帆远影碧空尽，唯见长江天际流。”他在苦闷之余企盼“长风破浪会有时，直挂云帆济沧海”，虽是豪迈想象，但仍不脱离行船需要借风力的现实。航海是充满危险的，若遇大风，便很可能“明月不归沉碧海，白云愁色满苍梧”。所以海商有随船养鸽子的习惯，一旦船沉没，鸽子会飞回家乡报信。这有点像今天飞机上的黑盒子，一旦启用，报的总是哀音。

关口通常设在地形险要之地，各处关口往往有各种地理和象征意义，各种人生境遇的人经过关口，不免触景生情，留下无数或激越或苍凉或愁怨的感怀。边塞诗中写到“关”往往是慷慨悲壮的，王昌龄的《从军行》到处是“关”：“更吹羌笛关山月”，“秦时明月汉时关”，还有“玉门关”——“青海长云暗雪山，孤城遥望玉门关”。咏玉门关的名句还有“羌笛何须怨杨柳，春风不度玉门关”（王之涣《凉州词》）等。咏阳关最著名的是王维的

《送元二使安西》，也就是千古流芳的“阳关三叠”。蓝田关则作为心忧家国的深刻背景留在了韩愈的笔下：“云横秦岭家何在？雪拥蓝关马不前。”

在唐诗里，那些前人至今在路上，在追寻着人生的三昧。那一路上的无限关山，风雨晴晦，那些距离所产生的美感，以及蒸腾起的万千气象，如今都被飞机一掠而过了。

得江山之助

初唐入盛唐时，有一位重要作家叫张说。他曾任中书令，封燕国公，为人博学多识，仗义执言，为文骈散皆工，与许国公苏颋齐名，当时朝廷的重要文告，多出自这两人之手，号称“燕许大手笔”，后人有“开元彩笔，无过燕许”的说法。他因为刚正不阿，敢直言，曾被贬到岳州，这次贬谪给他的诗风带来了变化。本来他的五七言诗，淡而有味，格调清新，贬谪之后变得凄婉深沉，更加感人。“既谪岳州，诗益凄婉，人谓得江山之助云。”（《新唐书》本传）有人认为唐诗就是从他开始“渐入盛唐”的，可见他开启时代的历史性地位。

当时有人说他诗风变化是“得江山之助”。真是非常有见识的一个发现，其中包含了超越张说这个具体个案的规律性总结。

“国家不幸诗家幸，赋到沧桑句便工。”说的是国家民族大的灾难、大的变动，往往给诗歌带来丰富而深刻的内容，带来强大的情感力量和全新的艺术魅力。同样，诗人体验的天南地北的山川景色、各种风土人情的阅历（其中包括或至少隐含了人生际遇的沉浮），也会给诗歌提供新的素材，带来新的色彩，产生新的风格。这是仅仅坐在书斋中“读书破万卷”所不能带来的，所以古人有“读万卷书，行万里路”的说法，行万里路，为的就是谋求“江山之助”。

王之涣不做官后，过了十五年的漫游生活，走遍了黄河南北，所以他留下的虽然只有六七首绝句，但是都气势磅礴、意境高远，堪称唐人绝句中的瑰宝。比如妇孺皆知的《登鹳雀楼》：“白日依山尽，黄河入海流。欲穷千里目，更上一层楼。”还有被评为唐人绝句的压卷之作的《凉州词》：“黄河远上白云间，一片孤城万仞山。羌笛何须怨杨柳，春风不度玉门关。”其中的“江山之助”都是非常明显的。

王昌龄的边塞诗硬语横空、气吞山河，也因为他到过河陇、玉门，对边关生活有过亲身体验，即使勉强将“秦时明月汉时关”纯粹归功于想象力和语言的锤炼，那么“青海长云暗雪山”“黄沙百战穿金甲”“大漠风尘日色昏”这些名句就绝对不是凭想象力和艺术功力可以写出来的，其中“江山之助”的巨大和神奇正不可忽视。

边塞诗的代表诗人素有“高岑”之称，其中的高是高适，岑就是岑参。岑参早年的诗歌风格绮丽风华，后来两度出塞，任北庭都护、伊西节度使封常清幕中的判官，在大漠绝地之中久经征战，诗风大变。不但所写的都是“北风卷地白草折，胡天八月即飞雪。忽如一夜春风来，千树万树梨花开”这样的前人“未写之景，未辟之境”，而且起句奇峭、形象鲜明、构思奇特、格调高迈，真是笔挟风云，气吞万里。“平沙万里绝人烟”的大漠，严寒、风雪、旌旗、马蹄、角声，给了诗人无限的灵感和豪情，这是一般人难以企及的，所以岑参唱响了唐诗这一流派的最强音。陆游这样深深叹服：“尝以为太白、子美之后，一人而已。”得江山之助以至于此，可谓登峰造极。

李白早年出蜀漫游，经洞庭，过江夏，趋扬州，转吴越，后北游洛阳、太原等地，后来他“仰天大笑出门去”到了长安，长安三年之后，又到梁、宋一带漫游了十年，后来流放夜郎，中途遇赦归来，晚年漂泊东南一带，李白的一生可谓抑郁不平的一生，漂泊的一生，但是他开阔的眼界、雄浑的境界、飞扬的意气，除了到处留有天才的印记，在在可以看到“江山之助”对一个不得意的诗人的巨大补偿。“山随平野尽，江入大荒流”；“山从人面起，云傍马头生”；“飞流直下三千尺，疑是银河落九天”；“孤帆远影碧空尽，唯见长江天际流”；“半壁见海日，空中闻天鸡”……这些名句无不见证了一双浪漫主义的眼睛、一个天才的灵魂和许多名山大川相遇时所发生的奇妙的化合反应。李白一生深受不遇之苦，也深得江山之助，本人未必认为因祸得福，对于后世的读者则是幸莫大焉——若是他在长安春风得意，也许就诗心日渐消磨，渐渐泯于官僚之中了。

江山之助，在岑参、高适，是大自然对顺境中人的激励和滋养，在王之涣、李白，则是天道对失意人的补偿。

至于辋川之于王维、草堂之于杜甫，则是带有归宿或精神家园色彩的特殊“江山”。王维到达一生顶峰的闲适清幽，杜甫笔下一生难得的平静喜乐，都是另一种“得江山之助”的证明。

有一种牵挂不需要回答

“君自故乡来，应知故乡事。来日绮窗前，寒梅著花未？”王维的这首《杂诗》不愧是千百年来流传不衰的名作。二十个字，浅显得如话家常，却别开生面，匠心独运，结尾有问无答，含不尽之余味，正是诗家高手的手段。

当然这也有源头。陶渊明的《问来使》：“尔从山中来，早晚发天目。我屋南山下，今生几丛菊？蔷薇叶已抽，秋兰气当馥？归去来山中，山中酒应熟。”陶渊明对来使问了三个问题，菊花长了几丛？蔷薇长出了叶子了吧？兰花已经吐露出香气了吧？最后是一个充满向往的揣想：等我回到山中去的时候，酒应该已经酿熟了。一切提问和想象围绕着山中的花和酒，略去了其他日常化、世俗化的细节，凸显了隐士高洁超然的情怀。王维应该是受了陶渊明的影响，但是提问的内容更少了，少到只有一项，只问梅花，不及其余，删繁就简，高度浓缩，更有诗意，更富韵味了。

和这样的功力相比，唐初的王绩，几乎是“失控”了。“衰宗多弟侄，若个赏池台？旧园今在否？新树也应栽。柳行疏密布？茅斋宽窄裁？经移何处竹？别种几株梅？渠当无绝水？石计总生苔？院果谁先熟？林花哪后开？”从朋旧童孩、宗族弟侄、旧园新树、茅斋宽窄、柳行疏密一直问到院果林花，还意犹未尽，“羁心只欲问”。虽然写出了游子思乡的心情，但是缺乏选择，没有重心，缺乏“爆发点”，诗味也不足，难怪往往被作为失败的例子来和王维作对比。

王绩的这首《在京思故园见乡人问》中，我只喜欢“羁心只欲问”这一句，确实，对故乡的思念其实是千头万绪的，事无巨细都令人牵挂，不论问多少项、怎么细细描述都不足以让人得到满足，真是越问越急，越饮越渴。理虽如此，但写诗毕竟是艺术，提取和锤炼是必须的，如果选取得当可以说是越少越好（当然这个选取最难、最见功力）。所以，轻轻地问一句“梅花开了吗？”就胜过了絮絮叨叨、细大不捐的一大堆问题。

但是原因好像不仅如此，对于故乡的提问，似乎有回答的总不如没有回答的好。

无名氏的《十五从军征》：“道逢乡里人，‘家里有阿谁？’‘遥看是君家，松柏冢累累。’”也是久别故乡的人对乡人的问讯，而且有问有答，回答得还很详细，却因为太实在而失去了想象的余地。王安石显然领会了王维的妙处，也努力模仿，他的“道人从何来，问松我东冈。举手指屋脊，云今如许长”也绝不芜杂，只把“梅”变成了“松”，两者轮廓仿佛，但是细细品味，总觉失其神韵。原因不是别的，正是有了这个老老实实的回答。这一答，王维式的含蓄没有了，王维式的空灵也不见了。王维清新而飘逸，王安石则质朴而近“木”了。

不答比答好，有的诗更进一步，连问也不问了。“近乡情更怯，不敢问来人。”（宋之问《渡汉江》）这是快到家乡的奇特而纠结的心情。“反畏消息来，寸心亦何有？”（杜甫《述怀》）这是战乱中不能回乡、亲人离散时牵挂到恐惧的心情。同是太想问而不敢问的矛盾心情，前者还属于微妙，后者则已经归于痛苦。

答或不答，问或不问，对于故乡的爱和牵挂，永远是游子心中萦绕而不解的情思，没有人可以给出完美的回答，因为没有一个回答可以解渴。因此这种提问其实从来不需要回答。

真正的解决方案其实只有一个——回乡。请看贺知章《回乡偶书二题》：“少小离家老大回，乡音未改鬓毛衰。儿童相见不相识，笑问客从何处来。”“离别家乡岁月多，近来人事半消磨。唯有门前镜湖水，春风不改旧时波。”诗人在暮年回到了故乡，乡音未改，湖光依旧，往昔的荣华富贵比过眼云烟还轻，所有的牵挂得到彻底的满足，心灵得到了彻底安慰。一个多么幸运的人，一个多么好的归宿。对于所有远行人、思乡客来说，贺知章是一个完美的榜样。

七绝圣手的悲剧

最早知道王昌龄，是从李白的诗里。“杨花落尽子规啼，闻道龙标过五溪。我寄愁心与明月，随风直到夜郎西。”这首诗，就是送给王昌龄的。因为这样流丽而饱含感情的诗句，当年不过十来岁的我，在父亲从外地买回来的一套书法书签中，一下子选中了这张，而且用了许多年。龙标是地名，在今天湖南黔阳县西南。龙标也指一个人，就是王昌龄。

王昌龄（698～757），字少伯，京兆（今西安）人。开元十五年（727）中进士，授汜水尉，二十二年（734），又中博学鸿词科，为校书郎，出为江宁令，后因“不护细行”，被贬为龙标尉，所以世人称之为“王江宁”“王龙标”。当时不少诗人认为他是被冤屈的，对他表示无限同情，李白的名作就是在那时写给他的。

但是，断送前程从来都不是天才最大的悲剧。安史之乱起，诗人归隐乡里，竟被濠州刺史闾丘晓所杀。和他过去的被贬一样，理由都是语焉不详，其实很可能就是根本没有理由——乱世之中，人命如草芥，七绝圣手算什么？诗家天子又如何？杀他和杀任何一个贩夫走卒一样简单容易。但是这一次，连苍天都看不下去，要为诗人报仇，这一回，天道选中的执行者是张镐。两唐书《张镐传》记载：张镐按军河南，命令各州率兵救睢阳，闾丘晓（谯郡太守）迟到了，睢阳陷落，守将殉国，张镐要杀闾丘晓，闾丘晓乞求不杀自己，理由很传统也很人性：家有老母。张镐回答："王昌龄的母亲，又是谁来养活呢？"闾丘晓顿时"默然"，他哑口无言，他知道自己作过的孽，知道报应来了。杀了王昌龄的人终于被杖杀。不难想象，张镐的这一声充满道义愤怒的喝问，在当时是如何大快人心，就是在今天听来仍然像一声惊雷，冲破积尘和凝血。当然也有人说为王昌龄雪恨的是高适（见范摅《云溪友议》上卷《严黄门条》）："章仇剑南为陈子昂雪狱，高适侍御为王江宁申冤，当时拥为义士也。"王世贞引用此语后这样评价："此事殊快人，足立艺林一帜，但不见正史及他书耳。"（王世贞《艺苑卮言》卷八）有学者猜测实际情况是高适所部归张镐指挥，所以有人将这件事归功于主帅，有人将它归之于具体执行者的高适（羊春秋《唐诗精华评译》）。不论这位义士是张镐还是高适，我都要对之深深一拜，就因为那一声充满正义感的喝问，替天下蒙冤受屈的读书人出了一口恶气，千年之后还让人觉得雷霆万钧，忍不住毛发俱耸、拍案呼快、潸然泪下之后复痛饮一大白。

这一切，对世道人心有意义，但是对那位被命运抛弃的天才诗人，其实已没什么益处。幸亏对那些诬蔑毁谤，他早就自己洗刷了——“寒雨连江夜入吴，平明送客楚山孤。洛阳亲友如相问，一片冰心在玉壶。”（《芙蓉楼送辛渐》）他让友人对洛阳亲友这样转达：王昌龄是正直无瑕的，他冰清玉洁，心地光明。这是一个诗人的心迹最真切的表白，于是关于被贬被杀的罪名谁都弄不清、记不住了，只记得这胸襟磊落的末两句，甚至就是这晶莹剔透的七个字：“一片冰心在玉壶”。况且他的艺术成就之高，说他“天才流丽，音唱疏越，几与太白比肩”（胡震亨《唐音癸签》），“与李太白争胜毫厘，俱是神品”（王世贞《艺苑卮言》），都不为过。

自然，王昌龄的成就和“边塞”分不开。他年轻时曾经到过河陇、玉门一带，对边塞风土和戍边生活有亲身体验，当这种宝贵体验和他的才华相结合，就使他以边塞为题材的诗歌，成为唐诗中的辉煌杰作。《从军行》：“青海长云暗雪山，孤城遥望玉门关。黄沙百战穿金甲，不破楼兰终不还。”《出塞》：“秦时明月汉时关，万里长征人未还。但使龙城飞将在，不教胡马度阴山。”取材大，境界大，气魄大，高昂雄浑，音律铿锵，略带苍凉却气定神闲，是盛唐才有的气象。那种酣畅淋漓的青春元气，那种报效祖国的英雄气概，使得它们千古传诵。

“太白、龙标，绝伦逸群，龙标更有‘诗家天子’之号。”（宋荦《漫堂说诗》）这大概是对王昌龄最高的评价了，想到唐代是诗歌的高原，李白是唐诗中的巅峰，这大概也是对一个唐代诗人高得很难再高的赞美了。只是，这样崇高的评价，换取那样不幸的一生，不知道自有历史以来，有几人肯？或者该问：可有人肯？

唐宋诗人的绰号

诗人往往有一些美称、雅号，比如李白是“诗仙”“谪仙人”，杜甫是“诗圣”（其作品是“诗史”），刘禹锡是“诗豪”，李白和王昌龄又分享“七绝圣手”，王昌龄还是“诗家天子”……这些都是时人或者后人给他们的评价，而不是绰号。

绰号是对一个人略带戏谑（往往抓住某一特征）的称呼，诗人被注意并且夸大的特征往往与诗作内容或者特色有关，因此也更加有趣。

比如，骆宾王被起了个外号“算博士”，这是因为他在诗中喜欢用数字作对。看看他的《帝京篇》就知道他不冤枉，仅在这一首诗里，就有“秦塞重关一百二，汉家离宫三十六”；“三条九陌丽城隈，万户千门平旦开”；“小堂绮帐三千户，大道青楼十二重”；“且论三万六千是，宁知四十九年非”等句。

“算博士”还可算不褒不贬或者亦褒亦贬，诗人绰号更多的是表示欣赏的，比如温庭筠文思敏捷，八叉手而成八韵，人们便称他为“温八叉”，赵嘏因为《长安秋望》中有“长笛一声人倚楼”，人称“赵倚楼”，郑谷则因为一首《鹧鸪》而成了“郑鹧鸪”，前者因为一句，后者因为一首，都就此得了大名。关于郑谷，还有一个特殊的称呼——一字师。齐己《早梅》中有“前村深雪里，昨夜数枝开”之句，郑谷看了说：“‘数枝’不算早，不如‘一枝’好。”齐己就改成了“一枝”，而且从此称郑谷为“一字师”。“草圣”张旭则因为性格狂放而时称“张颠”，杜甫《饮中八仙歌》中说他“张旭三杯草圣传，脱帽露顶王公前，挥毫落纸如云烟”，说的就是他大醉中以头着墨然后书写的可爱狂态。韦庄则因为长篇叙事诗《秦妇吟》通过一个少妇的自述，既控诉了官军侵害百姓，也揭露了黄巢农民军的残暴行径，写出了动乱年代人民的痛苦，影响很大，因此有了“秦妇吟秀才”的绰号。许浑，长于律诗，以登临怀古、山水田园为佳。因诗中多用“水”字，人称“许浑千首湿”。僧人贯休，以诗闻名，其诗有“一瓶一钵垂垂老，千水千山得得来”句，被人称为“得得和尚”。

给诗人起绰号，不但唐代如此，宋朝也如此。宋代词人张炎，其词追求骚雅，严守音律，字句工巧。宋亡后词风凄怨苍凉，多追怀往昔，抒写家国身世之悲。其

《解连环·孤雁》词，有“写不成书，只寄得、相思一点”之句，广为流传，人皆称之“张孤雁”。又曾因写《南浦》咏春水一词，被人称“张春水”。

词人贺铸晚年的一首《青玉案》曾名动一时，尤其是其中的一句“试问闲愁都几许？一川烟草，满城风絮，梅子黄时雨”，广为传唱，贺铸也因此博得“贺梅子”的雅号。

人们因为宋祁写了“红杏枝头春意闹”的诗句，便给他一个异常轻灵美妙的绰号“红杏尚书”，秦少游写了清新婉丽的《满庭芳》，其中有“山抹微云，天连衰草”一句，便给了他风雅的绰号“山抹微云秦学士”“山抹微云君”。以至于他的女婿范元实在酒宴上遇歌妓问之曰“公亦解曲否”，都用“吾乃‘山抹微云’之婿也”来回答，结果“众人皆惊”，可见秦少游词的影响之大。

张先则因“心中事”“眼中泪”“意中人”三句得号“张三中”，又因“云破月来花弄影”“娇柔懒起、帘压卷花影”“柳径无人、坠风絮无影”被称作“张三影”……

有的绰号就不那么好消受了：与骆宾王同为“初唐四杰”的杨炯，因为喜欢在诗文中用古人名字作对，当时的人就笑他的作品是“点鬼簿”（唐人很风趣，给作品也起外号）。五代后蜀的王仁裕，写诗万首，时人称他“诗窑子”，可见前贤对粗制滥造的作坊式的批量生产从来是不认可的。

还有更糟糕的。唐代“大历十才子”之一的李益，为人苛刻，性格多疑，妻妾甚众，偏偏这位仁兄“少有疾病”，所以防闲妻妾甚于防川，有在门口窗户上撒灰的“壮举”，大概颇做了一些这样接近专业刑侦人士的事情，终于闻名遐迩，被人叫作“妒痴”，后来他退休时曾加礼部尚书衔，故又称“痴妒尚书李十郎”。起这么难堪的绰号还不要紧，人们干脆用他的名字来命名一种疾病，把妒忌成性、多疑成癖的毛病就叫作“李益疾”。这位颇有才华、写诗“不坠盛唐风格”的诗人，终于因为心理疾病而被钉上了另一种耻辱柱。我总觉得他的“别来沧海事，语罢暮天钟。明日巴陵道，秋山又几重”颇得杜甫《赠卫八处士》神韵，因此也为这位诗人感到悲哀。

一句能令万古传（1）

一读唐诗，总觉得满纸珠玑，满目琳琅，常常忍不住在一些佳句下面画线，密密加圈。其中的千古名句不胜枚举，出自一流大诗人之手的自不待言（这也是他们之所以成为一流大诗人的主要原因之一），还有不少出自不那么鼎鼎大名的诗人之手。这些诗人的名字，往往就因为那一两句名句的永久生命力而成为不朽。

比如初唐的王湾，他的生卒年不详，诗作大多散失了，《全唐诗》中也仅存其诗十首。但是其中有一首《次北固山下》："客路青山外，行舟绿水前。潮平两岸阔，风正一帆悬。海日生残夜，江春入旧年。乡书何处达，归雁洛阳边。"写他初到江南看见万里长江和早春景色。中间两联，尤其是"海日生残夜，江春入旧年"将他的名字闪闪发光地镌刻在了中国诗歌史上。

当时的燕国公张说就十分欣赏这两句，将它题写在政事堂上，每每以它作为好诗的典范。直到晚唐，诗人郑谷还在自编诗集卷末题道："何如海日生残夜，一句能令万古传"，表达了对这两句诗的无限景慕。这两句诗气象阔大，一个"生"，一个"入"动感十足：美丽的海日诞生于黑暗的残夜中，但终将驱走残夜的黑暗而给人光明。萌动的春意显现于残余的旧年里，却已经入主旧年的残余而示人生机。这两句，绝在构思奇特、令人耳目一新，"炼意炼句，虽然镂心雕肾，却又妙语天成，不见丝毫斧凿痕迹"（羊春秋《唐诗精华评译》），妙在写时节、状景之中写出北方人初到江南的惊喜，又充满了哲学的意味，新旧交替、希望永存，给人韧性的启示和乐观的鼓舞。

这样的诗人还有刘希夷。他的"年年岁岁花相似，岁岁年年人不同"（《代悲白头翁》），写流年似水、红颜易老，充满了对人生和生死、时间的深沉感叹，"花相似"与"人不同"的对比，自然而深刻；"年年岁岁"与"岁岁年年"的回环反复，表现了时间的绵逸悠长和大自然的永恒不变，读起来充满了音乐性，使这两句诗更富于艺术魅力。前人有"妙绝一时"的评价，其实倾倒的岂止是一代的读者！

这两句凄美婉转的名句还有着两个绝不浪漫的传说。其一是：刘希夷的舅舅宋之问也是个诗人，刘希夷刚刚写完这首诗，还没等向外界展示，被宋之问读到了，宋之问因为喜欢诗中的这两句，苦苦恳求将这两句诗的著作权让给他。刘希夷不肯，宋之问勃然大怒，派人用土袋把外甥压死了。其二是想出这两句之后，诗人自己也觉得是一种不祥的预兆，即所谓“诗谶”，但觉得生死由命，加上不忍割弃，还是保留了下来，结果一年后，诗人果然被害。（见《大唐新语》《本事诗》）这些故事未必能信，但都说明了这两句诗极高的艺术价值和人们被它感动的程度。

韩翃是中唐“大历十才子”之一，但是他的名字得以流传，要归功于名句“春城无处不飞花”。这是他的《寒食》诗中的第一句。写寒食时节到处鲜花盛开、春光明媚的景象，若写“春城处处皆飞花”便落了寻常笔墨，诗人用“无处”“不”两次否定来强调，极写春花之无处不开，春色之无处不染，生机流动，暖意融融，有和风拂面、花光照人之感。前人对他有“意气清华，才情俱秀，故发调警拔，节奏琅然”的评价，确实非虚。

关于韩翃也有一则轶事。韩翃中进士后多年闲居，已到暮年，有一天半夜，有人敲门敲得很急，开了门，来人祝贺他“新擢驾部郎中，知制诰”。驾部郎中是掌管皇帝车马的官职，知制诰是负责给皇帝写诏书布告的官职，这在当时是较为尊贵的职位。韩翃不敢相信，便说：“必无此事，肯定是弄错了。”坚决不肯接受。当时正好有一个江淮刺史和他同名同姓，中书问皇上把这个官职给哪一个韩翃？皇上（德宗）御笔将“春城无处不飞花”全诗写了一遍，然后批“与此韩翃”——就是说：给写了“春城无处不飞花”的韩翃，可见对这首诗的欣赏。这首诗的本意众说不一，有人认为只是对节令风光的描绘，有人认为是讽刺当时特权阶层，有人认为是不满得志君王对高洁亡灵的亵渎。但是描写寒食佳节和春天景象，意象之美，情韵之丰，诵之唇齿生香，有没有深意倒显得不那么要紧了。

一句能令万古传（2）

在唐代诗人里，陈陶绝不算响亮的名字。但是他的“可怜无定河边骨，犹是春闺梦里人”（《陇西行》），却是哀感顽艳、催人泪下的名句。边防将士为了抵御入侵的敌人，奋不顾身地征战，几千人在一次战役中全部牺牲。可怜那无定河边的尸骨，还是妻子春闺日日想念、梦中常常相见的人。第一次读这两句，我就心脏收缩，掩卷不忍再看。温暖而精致的春闺，荒凉的无定河，梦中依然年轻英俊的丈夫，河滩上无人收埋一任枯朽的白骨，强烈的反差，命运已经从希望的巅峰直坠绝望的谷底，而女主人公还浑然不觉，还在痴痴地盼望和等待。这样的悲剧，具有跨越时代的震撼力和感染力。我认为，若以“句”为单位衡量，控诉战争的残酷和苦难，唐诗中无出其右者。只此两句，可以和《三吏》《三别》等重量级长诗相颉颃。

赵嘏因为《长安秋望》中的“残星几点雁横塞，长笛一声人倚楼”一句之佳，骤得大名，赢得了“赵倚楼”的美名。但依我看，“长笛一声人倚楼”不如他的“月光如水水如天”（《江楼感旧》）。“长笛”句写的是数声长笛声中，孤客倚在楼头，确实富有画面感，也充满了诗的暗示性；但是“月光如水水如天”写月夜的江水和夜空，纤尘不染，缥缈空灵，又蕴含着对去年一起同来看月的人的追忆，暗示着思念的无处不在，诗意的迷茫弥漫在天地之间。比起“长笛”句更幽美，更有意境，更自然浑成。

曹松也是一个生卒年不详的诗人，一生穷困，到七十多岁才考取进士，是当时被人嘲笑的“五老榜”之一。但是他写下了一句不朽的诗句：“一将功成万骨枯。”（《己亥岁》）诗人写道：请你不要说什么封侯的伟绩了，成就一个将军的功勋要付出万人生命的代价。将这个带有规律性的现象揭示得如此明晰、有力、触目惊心，“一将”与“万骨”、“功成”与“枯”强烈对比，高度概括，直刺心肺，发人深省。

还有“落花人独立，微雨燕双飞”。这两句许多人都把它归于晏几道名下。晏几道《临江仙》（“梦后楼台高锁，酒醒帘幕低垂。去年春恨却来时。落花人独立，微雨燕双飞。记得小蘋初见，两重心字罗衣。琵琶弦上说相思。当时明月在，曾照彩云归。”）是词中名作，而且将这两句化用得意境浑然，有升华之功。但是这两句的确是另一个诗人的原创——唐末诗人翁宏。写的是：落英片片飘落的季节，孤独的人，一个人久久地站立庭中；在霏霏的春雨里，成双成对的燕子，轻快地飞去飞来。抒发的是这样的清愁：燕子双飞，人却独立，芳华将尽，良辰难再。翁宏的全诗意象纷杂，语义不够流贯，所以作为整体的作品，当然是晏几道高出许多，但是这"能令万古传"的一句，著作权是翁宏的，还是让我们为这位唐代的名不见经传的诗人击节喝彩吧。

想到张九龄，我有点犹豫，因为他不是普通人，他比上面提到的那些诗人都显赫，而且显赫太多了。他是当时一个著名的贤相，人称"曲江公"，他的人品和官声俱佳，在当时享有很高的声誉。但是我还是明知故犯地写下张九龄，因为他的一句诗实在太好了："海上生明月，天涯共此时"：无边的大海上升起一轮明月；我所想念的、远在天涯海角的友人（可以引申为普天下所有互相思念的人），此时此刻也望着这同一轮明月。这首诗的题目是《望月怀远》，这一句之中，"望月"和"怀远"皆出，"景语即情语"，海上生月，月中皆情，皎洁的月光、空阔的大海和深挚的感情交织在一起，天、地、人浑然一体，无阻无隔，无边无际。其实不需要贤相、曲江公这些名声，只凭这一句，张九龄就应该千古留名。

谁在思念谁

大诗人王维留下的名句不少，但是可能哪一句都超不过这一句的深入人心："每逢佳节倍思亲"。千百年来，这句朴素而深沉的诗都被重复成了一句口语、一句俗话，几乎忘记它是唐代的句子，也不觉得是诗了。这句诗出自《九月九日忆山东兄弟》（诗人写它的时候是十七岁，想到这一点，现在的那些天才少男少女似乎也没什么可骄傲的），全诗如下："独在异乡为异客，每逢佳节倍思亲。遥知兄弟登高处，遍插茱萸少一人。"九月九日是重阳节，古人习俗在这一天要登高、插香气浓烈的茱萸以求延年益寿。诗人作为客居他乡的游子，在节日里特别思念亲人，并且认定兄弟们一定也会因为少了自己而觉得惆怅、失落。这种易地而处的写法，与其说是一种构思，不如说是人性美的天然流露——当你真挚地思念着什么人的时候，你往往会确定对方也在思念着你，并且为对方忍受相同的思念之苦而生出怜惜。这不是诗人的高明的技巧，而是一个思念中的人近乎本能的感受，诗到真处，自然人人有共鸣。

最令人思乡、思亲的佳节还数除夕。可是天宝九载（750）的除夕夜，诗人高适却因为军务远在居庸关无法回家，于是写下了《除夜作》："旅馆寒灯独不眠，客心何事转凄然？故乡今夜思千里，霜鬓明朝又一年。"他也是不着重写自己多么想家，而是设身处地揣想亲人思念自己，感情更加深沉，回味更加醇厚。《唐诗品汇》有"客中除夜闻此诗者，无不凄然"的记载，可见其感人。清沈德潜《唐诗别裁》认为："作故乡亲友，思千里外人，愈有意味。"是非常精到的评价。

相似的还有杜甫的"遥怜小儿女，未解忆长安"（《月夜》），王建的"家中见月望我归，正是道上思家时"（《行见月》），白居易的"想得家中夜深坐，还应说着远行人"（《邯郸冬至夜思家》）。宋人范希文在《对床夜语》里说："白乐天'想得家中夜深坐，还应说着远行人'，语颇直，不如王建'家中见月望我归，正是道上思家时'有曲折之意。"这话历来不被认可，因为白居易写家里人在念叨自己，其实是自己在想念家人，这已经是"曲折"了。我私下认为，白居易这两句比王建的似乎还更流畅自如一些。

这一向被归纳为"主客移位""侧面落笔""从对方着墨"的传统手法（即明明是自己对对方有所举动或者

思念，不直接描述，而是从对方下笔写来），这固然可以说是一种精湛的表现手法，但是我相信更主要的是真实感情的流泻——想念亲人，马上为亲人着想，知道亲人也在想念自己，于是自己苦苦思念的同时，切身感受到亲人对自己的思念之殷之切，于是更加思念起来。思念往往都是双向的，像这样反过来写，好像思念从去处又反弹了回来，于是去处成了来处，分不清谁在思念谁，谁更思念谁。感情的况味自然深了。

以上诸例都是侧重写亲友思念自己，也有不偏不倚正面写双向思念的，比如杜甫的《春日忆李白》："白也诗无敌，飘然思不群。清新庾开府，俊逸鲍参军。渭北春天树，江东日暮云。何时一樽酒，重与细论文。"这首诗大意是：李白啊，你的诗歌超凡绝伦，你的才华卓尔不群。你的诗歌论清新就像庾开府，论俊逸好比鲍参军。此刻我在渭北独对春天的绿树，而你在江东也只能眺望日暮时的云，天各一方，不能相见。什么时候我们两个才能一起端着酒杯，再来好好地讨论诗文呢！

请注意五六两句。这两句似乎是一般的景色描写，但是"渭北"是杜甫所在的长安一带，"江东"指李白正在漫游的江浙一带地方，这两句一并列，就从写景变成了写情，而且写的是思念、离情，其实说的是：当我在渭北思念江东的你，也正是你在江东思念渭北的我之时。

清代黄生在《杜诗说》中说："五句寓言己忆彼，六句悬度彼忆己。"这两句，看似平淡的写景，其实是浓烈地写情，同时将两个互相思念的大诗人也剪影出来，不愧是历来传颂的名句。明代王嗣奭《杜臆》引王慎中语誉为"淡中之工"，沈德潜称它"写景而离情自见"（《唐诗别裁》），都赞赏不已。

杜甫深深地思念李白，只要他写下来就一定是好诗，要命的是他还这般优美地写了李白思念自己，这样一来，仅仅感动就不够了，于是，"春树暮云"成了后世的一个典故、一个成语，意思就是：想念远方的朋友。

望洞庭

从未去过洞庭湖。最早让我记得洞庭湖的，是范仲淹的《岳阳楼记》脍炙人口的描写："予观夫巴陵胜状，在洞庭一湖。衔远山，吞长江，浩浩汤汤，横无际涯；朝晖夕阴，气象万千。……若夫霪雨霏霏，连月不开；阴风怒号，浊浪排空；日星隐耀，山岳潜形；商旅不行，樯倾楫摧；薄暮冥冥，虎啸猿啼。登斯楼也，则有去国怀乡，忧谗畏讥，满目萧然，感极而悲者矣。至若春和景明，波澜不惊，上下天光，一碧万顷；沙鸥翔集，锦鳞游泳，岸芷汀兰，郁郁青青。而或长烟一空，皓月千里，浮光跃金，静影沉璧，渔歌互答，此乐何极！登斯楼也，则有心旷神怡，宠辱偕忘，把酒临风，其喜洋洋者矣。"

后来知道"八百里洞庭"在湖南岳阳市，湖中有山，传说是湘水之神湘君曾游之地，所以叫"君山"。后来，在诗中邂逅的次数多了，洞庭湖在我心中渐渐丰满起来。

现实中的那个湖倒成了可去可不去的了，根据经验，想象中十分美好的去处，现实的“比照”往往会起破坏作用。

关于洞庭湖的名句，较早的可能是屈原的“袅袅兮秋风，洞庭波兮木叶下”（《湘夫人》）。到了唐代，洞庭湖和君山成了写山水的热门。留下来的有：张说《送梁六自洞庭山作》，孟浩然《临洞庭湖赠张丞相》，杜甫《登岳阳楼》，李白《陪侍郎叔游洞庭醉后三首》《陪族叔刑部侍郎晔及中书贾舍人至游洞庭五首》，贾至《西亭春望》，刘长卿《岳阳馆中望洞庭湖》……

若将有关岳阳楼的诗排一个榜，状元、榜眼、探花恐怕依次是：刘禹锡《望洞庭》、雍陶《题君山》、方干《题君山》。刘禹锡眼中的洞庭是这样的：“湖光秋月两相和，潭面无风镜未磨。遥望洞庭山水色，白银盘里一青螺。”雍陶则是：“烟波不动影沉沉，碧色全无翠色深。疑是水仙梳洗处，一螺青黛镜中心。”这两首都比喻巧妙，将洞庭湖写成了一幅照眼鲜明、轻灵幽美的画，再沿着这条路走已经很难超越，于是方干走了另一条路：“曾于方外见麻姑，闻说君山自古无。元是昆仑山顶石，海风吹落洞庭湖。”以天马行空的想象力，虚构了自己“游仙”的经历，通过人仙对话，揭示了君山神话般的“来历”。这首诗其实就是说：此景只应天上有，从侧面写出了它的美是多么令人惊叹。

然而，最有趣的当属李白的《陪侍郎叔游洞庭醉后三首 之三》："刬却君山好，平铺湘水流。巴陵无限酒，醉杀洞庭秋。"一生蹭蹬不遇的李白，这时已到晚年，流放夜郎刚刚遇赦，但对前景生出的最后一次希望很快就破灭了。他来到岳州，遇到正由刑部侍郎贬官岭南的族叔李晔，两人同游洞庭，心情郁闷可想而知。所以，他眼中的风景完全是人生的投影：那兀立在湖中的君山，挡住湘水不能一泻千里，就像自己的人生道路上，总有那些障碍在妨碍他的一舒抱负、一展鹏程，所以他想刬却君山，让湘水毫无阻碍地浩荡奔流，一直入海。依然天真的李白喊出了不灭的心声：铲除一切障碍、消除一切不平，让世上一切有才有抱负的人走上平坦宽阔的大道。此前他在《江夏赠韦南陵冰》中也写道："我且为君捶碎黄鹤楼，君且为吾倒却鹦鹉洲"，这和"刬却君山好"抒发的是同样的愤懑不平之气。然而，君山不能铲除，鹦鹉洲不能倒却，正如人生从来不可能"大道如青天"，所以诗人只能借酒浇愁。

美有时是令人哀愁的。"岳阳楼上闻吹笛，能使春心满洞庭。"（贾至《西亭春望》）这里的春心其实是春愁。面对风景，心旷神怡和愁绪满怀也就是一念之间，或者说，就是一首诗的表里。

这么说来，我们在诗里一遍遍重温或者揣想着的，其实不是洞庭湖，也不是风景，而是不同的人生况味。而这种人生况味，是前人的，还是我们自己的，有时已不能分清。

听雨声

每到黄梅天，总要想起贺铸《青玉案》中的几句："试问闲愁都几许？一川烟草，满城风絮，梅子黄时雨。"还有赵师秀的《约客》："黄梅时节家家雨，青草池塘处处蛙。有约不来过夜半，闲敲棋子落灯花。"如此看来，梅雨季节的闷与湿难免带来身体的不适和心理的不畅，出口无非两个：一个是被濡湿的愁，一个就是湿润的闲。

以上一词一诗都是宋人作品。若论唐人写雨，第一个高手就是王维。"空山新雨后，天气晚来秋。"（《山居秋暝》）下笔何等洁净无尘；"桃红复含宿雨，柳绿更带朝烟。"［《田园乐》（其六）］设色何等明艳鲜润；"飒飒秋雨中，浅浅石榴泻。"（《栾家濑》）刻画何等生动活泼；"雨中山果落，灯下草虫鸣。"（《秋夜独坐》）捕捉何等敏锐细致；"山中一夜雨，树杪百重泉。"（《送梓州李使君》）画面何等气势不凡；"渭城朝雨浥轻尘，客舍青青柳色新。"（《送元二使安西》）气氛何等清朗润洁……敏感的诗人，就是没有雨的时候，他也会感到另一种雨意："山路元无雨，空翠湿人衣。"（《山中》）山路上原本没有雨，但是那空明的山色是那么浓翠欲滴，还是像细雨一样湿润了行人的衣裳。对湿润度和色彩饱和度极其敏感的诗人，带我们走进绝美的意境。

第二高手，大概便是李商隐了。因为林黛玉说喜欢他的那句"留得残荷听雨声"，提醒我注意到他和雨的缘分。这句诗来自《宿骆氏亭寄怀崔雍崔衮》，写的是萧瑟秋景和凄清秋情，"残荷"一作"枯荷"。他写雨最著名的当然是《夜雨寄北》："君问归期未有期，巴山夜雨涨秋池。何当共剪西窗烛，却话巴山夜雨时。"过去大多说是写给他的妻子的，最近看到考证，说那时他的妻子已经去世，这是写给朋友的。（古人的离情和思念，经常都是对朋友的，这在当时再正常不过，到了今天似乎有点难理解了——这真悲哀。）

李商隐的世界常常是下着雨的，他的诗题就有《微雨》《细雨》《春雨》《风雨》《夜雨寄北》……雨伴随着他的失意、离别、阅读、悼念、疾病、思念，这样的雨，只能是冷冷的秋雨——"黄叶仍风雨，青楼自管弦"，"休问梁园旧宾客，茂陵秋雨病相如"，"黄陵别后春涛隔，湓浦书来秋雨翻"，"高楼风雨感斯文"，"楚天长短黄昏雨"，"愁霖腹疾俱难遣，万里西风夜正长"，"阶下青苔与红树，雨中寥落月中愁”。雨声带来的惆怅和凄苦是那样刻骨铭心，以至于他将流水的声音都听作了凄凉悲切、添人羁愁的雨声——“新滩莫悟游人意，更作风檐夜雨声。”

李商隐的雨是飘忽迷离的。“一春梦雨常飘瓦，尽日灵风不满旗”（《重过圣女寺》），那迷蒙的气氛，幽怨的情调，似乎在暗示圣女对爱情难以言说的期望，叹息这种期望像梦一样终归破灭。“飒飒东风细雨来，芙蓉塘外有轻雷。”（《无题四首 其二》）朦胧之中，透露一股压抑不住的生机，但更笼罩着某种迷乱与愁苦。这一切，应该和情爱有关吧。

李商隐写到雨的诗中，我最爱一首《春雨》：“怅卧新春白袷衣，白门寥落意多违。红楼隔雨相望冷，珠箔飘灯独自归。远路应悲春晼晚，残宵犹得梦依稀。玉珰缄札何由达，万里云罗一雁飞。”春雨潇潇之中，一个穿着白布夹衫的人怅然而卧。过去和心上人相见的地方，如今伊人已去，只剩一片冷落沉寂，怎不让人悲愁失落。伊人住过的红楼人去楼空，隔雨望去竟然让人感到心生寒意，只能在雨中独自往回走，灯光将飘忽的雨照得好像珠帘，却更添与世隔绝般的孤苦和不知身在何处的恍惚。在远方的伊人应该也为春天的远去而悲伤，如今两人只有在残宵依稀的梦中片刻相见了。写下诉说相思的书信，附上作为信物的玉珰，可又怎么能送到伊人手中呢？即使有鸿雁传书，连满天的云都像横铺万里的罗网一般，这思念和问候能冲破这重重阻碍吗？

“红楼隔雨相望冷，珠箔飘灯独自归”，以暖色调写冷寂空落，以透明感写恍惚迷失，“小李”手段真非常人可比。雨有时尽，而相思无尽，遂令后世读者，突觉满心雨意，一同黯然销魂。

雨水探花

王维和李商隐之外，若要在唐代选一个诗人来做写雨的探花郎，那么我真心推举韦应物。他任过江州、苏州等地刺史，故又被称作“韦江州”“韦苏州”，是中唐诗坛上最活跃的人物。他主要写山水田园，一般都认为这是“效陶”（效法陶渊明），但我认为首先是出于本性。他是一个对大自然特别敏感的人，秋来，日暮，风起，雨飘……大自然的任何细微变化都会在他的心灵世界引起反应，在他的诗中留下精妙回响。

所以会有这些诗句：“秋山起暮钟，楚雨连沧海”，“一郡荆榛寒雨中”，“微雨夜来过，不知春草生”，“淮南秋雨夜，高斋闻雁来”，“春潮带雨晚来急，野渡无人舟自横”。

和朋友分别时，他分不清离别的泪水和飘洒的雨丝：“相送无限情，沾襟比散丝”。和友人不能见面的时候，他会有“欲持一瓢酒，远慰风雨夕”的念头。等到相逢时，哪怕天公并未降下雨水，他也会用想象增添上：“客从东方来，衣上灞陵雨”。其实这位朋友并不是真的从灞陵来，身上也没有雨痕，诗人偏偏说他是从长安附近这个著名的隐逸之地来的，是对他身上隐士之风的赞美。即使在大宴宾客的盛宴上，他也会吟一句：“海上风雨至，逍遥池阁凉”。何等雍容，极有身份。

如果谁不能认同韦苏州出任“雨水探花”，那么我可以另外推举一人：温庭筠。只看他一首诗、半阕词。诗看《咸阳值雨》：“咸阳桥上雨如悬，万点空蒙隔钓船。还似洞庭春水色，晓云将入岳阳天。”词看《更漏子》的下半阕：“梧桐树，三更雨，不道离情正苦。一叶叶，一声声，空阶滴到明。”前者是一首即景之作，第一句有气势，第二句转为空蒙，后两句突然跳跃开去，用洞庭水云来衬托咸阳的雨景。从工笔细描到淡墨晕染再到泼墨，举重若轻，一派清旷。后者是写相思之情的。那种好，使得任何赞美都显得多余。地老天荒，只要人间还有爱和分离，那雨就在痴情和冷漠、思念和遗忘两极之间的无垠空间，一直下，一直下。

写雨的名句还有不少，杜甫的“随风潜入夜，润物细无声”（《春夜喜雨》），韩愈的“天街小雨润如酥，草色遥看近却无”（《早春呈水部张十八员外》），柳宗元的“惊风乱飐芙蓉水，细雨斜侵薜荔墙”……晚唐的崔道融的《溪

上遇雨二首 其二》也活灵活现、别有趣味:“坐看黑云衔猛雨,喷洒前山此独晴。忽惊云雨在头上,却是山前晚照明。”

五代的李璟的名句“细雨梦回鸡塞远,小楼吹彻玉笙寒”(《浣溪沙》),写女子怀念远方戍边的亲人,将哀伤写得如此清丽,似乎与李商隐心意相通。

到了宋代,最爱的是“小楼一夜听春雨,深巷明朝卖杏花”。这是陆游在《临安春雨初霁》中为我们留存的一脉清新和明丽。陆游写雨的还有“三更酒醒残灯在,卧听潇潇雨打篷”(《东关》)。

虽然雨一直在下,但是随着年龄的增长和心境的变化,听雨的感受会不断变化,说得最透彻的要数蒋捷《虞美人》:“少年听雨歌楼上,红烛昏罗帐。壮年听雨客舟中,江阔云低,断雁叫西风。而今听雨僧庐下,鬓已星星也。悲欢离合总无情,一任阶前,点滴到天明。”点点滴滴都在心里,却已欲语还休了。

然而,苏东坡总是无法企及的。他用诗写雨:“黑云翻墨未遮山,白雨跳珠乱入船。卷地风来忽吹散,望湖楼下水如天。”(《水明楼》)将夏天的雨写得穷形尽相,气势恢弘,纯写雨景,也是一派大家风度。用词写雨:“莫听穿林打叶声,何妨吟啸且徐行。竹杖芒鞋轻胜马,谁怕,一蓑烟雨任平生。料峭春风吹酒醒,微冷,山头斜照却相迎。回首向来萧瑟去，归去，也无风雨也无晴。”（《定风波》）这风雨自然不是自然界的风雨，所表明的也是对待人生风雨的态度。什么叫处变不惊，什么叫通达洒脱，什么叫随遇而安，什么叫超然物外，读这首词三遍，就会懂得。到了这个境界，就像云层和雷雨区之上的高空永远是晴天一样，人，已经活在了风雨之上。

（注：此文在《新民晚报》发表时题为《雨一直下》，因为写时正值沪上梅雨季节，加上听过一首流行歌曲叫作《雨一直下》，就半开玩笑地用了这么个大白话的题目。结果有读者抗议说文章尚可读，怎么起这么差的一个标题？自以为是“精致的淘气”，结果讨嫌了，于是趁这次出书的机会改了。呵呵。）

一颦一笑　可见可闻

从来没有喜欢过这首诗，但有一天对着它，突然笑了起来：“联步趋丹陛，分曹限紫微。晓随天仗入，暮惹御香归。白发悲花落，青云羡鸟飞。圣朝无阙事，自觉谏书稀。”

这首诗题目是《寄左省杜拾遗》。作者是岑参。没错，竟然是以边塞诗著称的岑参。初读时，觉得豪气入云、出语奇峭的岑参，写出这样中规中矩、带着颂圣气味的平庸诗句，实在是扫兴的事情。然后明白了这是说反话，是高级的牢骚。虽然不再觉得平庸，但还是不怎么喜欢。

那天之所以笑起来，是因为注意到这位“左省杜拾遗”是杜甫。我突然“发现”岑参和杜甫居然做过同事。而且他们的班也上得很郁闷：也要“朝九晚五”，也会不合志趣，也会无所事事……甚至，他们也有职场牢骚，也会向同僚中可以相信的人无奈地诉说，像今天许多人上班时在 MSN 上发牢骚一样。这太好玩了。当然，他们的老板更加不能得罪。

唐肃宗至德二年至乾元元年（757～758），岑参和杜甫同在朝廷供职，都是谏官。岑参任右补阙，属中书省，杜甫任左拾遗，属门下省，居左署。“分曹”说的就是这个意思。大意是：我们一起疾步向前走上红色的台阶，朝会时在天子面前分列两边。早上随着皇帝的仪仗队威风八面地进宫，晚上官服上带着御炉的香气回到官邸。看到花落悲伤自己的两鬓已经白了，见到飞鸟又羡慕它能展翅高飞。如今这明君当政的太平时代没有什么弊政，我们自己都觉得进谏的奏折越来越少了。最后两句是反话，不是没有弊政，而是天子不听忠谏，文过饰非，限制言论，谏官自然无法尽到责任。抱怨的是年华迟暮，虽然身居本该救民利国的官职，但只能白白浪费时间和才华，内心忧愤地过着充满陈规陋习的乏味日子。

岑参和杜甫是同事，而且他们也会私底下因无所作为而发牢骚。一下子，这两个文学史上和我心目中的巨人，变成了正常身高的常人，而且离我们很近，近到看见他们眉心的纠结，听见他们沉重的叹息。

另一首让我觉得有趣而拉近距离的是韩愈《同水部张员外籍曲江春游寄白二十二舍人》：“漠漠轻阴晚自开，青天白日映楼台。曲江水满花千树，有底忙时不肯来。”

“水部张员外籍”当然是诗人张籍（写了“还君明珠双泪垂，恨不相逢未嫁时”，巧妙拒绝权贵拉拢的那位），他是韩愈的学生，韩愈和他交情很好，好几首名作都有他的身影：《调张籍》（“李杜文章在，光焰万丈长”）、《早春呈水部张十八员外》（“天街小雨润如酥”）……白二十二舍人不是别人，正是时任中书舍人的白居易——不用介绍了，除去写了《长恨歌》《琵琶行》的白居易，没有第二个白居易。

韩愈和张籍、白居易约好一起曲江春游，结果张籍来了，白居易没有来。于是韩愈说：虽然天气有点阴，到了傍晚也就转晴了，蓝天白日映照着楼台。曲江涨满了春水，千树万树开满了花朵，美景如斯，你有什么大事要忙，就是不肯来？

写明媚景色在前，抱怨朋友爽约在后，不但有遗憾有失望，而且暗含揶揄：就你是朝廷命官，难道我们是布衣、闲人？我们都能及时而来，偏你不能放下俗务，辜负了朋友之约和良辰美景？想象被埋怨的白居易的表情，让我觉得有趣，而对朋友的“错误行为”耿耿于怀的韩愈就更加可爱了。

“下马饮君酒”送别的是谁？

诗人进了官场常常郁闷，但是不进官场也不舒畅，更觉不轻松。孟浩然四十岁那年，到京城考进士“不第”，黯然回襄阳，临别时写了一首诗《留别王维》：“寂寂竟何待，朝朝空自归。欲寻芳草去，惜与故人违。当路谁相假？知音世所稀。只应守寂寞，还掩故园扉。”——考试不中后冷落无聊，更没有什么可以等待的。想到要归隐而去，却又不忍和故人分开。有权有势者谁肯伸手相助？像你这样的知音在世上少得可叹。看来我就是应该守着寂寞，回到故园坚决地隐居起来。

一支笔写出了几层感情：遭遇挫折后的辛酸，深味世态炎凉、人情冷淡后的怨愤，和知己情谊的深厚，彻底归隐的决心。这样出自肺腑的感情，除了口衔宝玉而生、从小到大“春风得意马蹄疾”的人，任谁读了都会感动。而且明白李白笔下“红颜弃轩冕，白首卧松云。醉月频中圣，迷花不事君”的孟夫子经历过怎样的心理过程。

作为世上不多的知心之一，王维是怎么回答他的呢？“杜门不欲出，久与世情疏。以此为良策，劝君归旧庐。醉歌田舍酒，笑读古人书。好是一生事，无劳献《子虚》。”（《送孟六归襄阳》）劝他索性归隐，而且不是暂时的调整而是永久的“良策”，而且不但不要再来挤科考的“窄门”，连献赋之类的举动也都不必了，一句话，彻底地远离仕途，远离尘嚣，忘却功名，在田园中找到真正的安宁和快乐（“醉歌”“笑读”）。

这样不留余地、近乎“淡漠”的态度，可能有两个原因：一是孟浩然素有归隐之志，只是还未能完全放弃对仕途的念想，王维深知这一点，所以趁势“劝退”；二是孟的性格与世疏离，即使进了官场也是难有作为，反而自苦，对于官场早已厌倦的王维不愿意看到朋友误入“歧途”自投罗网，所以态度坚决地劝隐。

态度自然是正确的，但是诗却难说是好诗，尤其是出自王维之手，总觉得有点泛泛，少了意境。我一直觉得他的另一首是送孟浩然的，或者说，用另外这一首送孟浩然更好——《送别》：“下马饮君酒，问君何所之。君言不得意，归卧南山陲。但去莫复问，白云无尽时。”临别再叫你下马请你喝酒，问君这一去要去哪方？你说因为不得意，要回到南山边隐居。你只管去吧，我们什么都别再说了，山中的白云没有穷尽之时，足以助你忘却尘俗、自在舒心了。

依然是淡淡的王维式的语气，但境界大不同了。这里面有对失意友人的关切，有对友人归隐原因的交代，然后是很高明的安慰，为心有不甘、半带无奈的归隐指引了一个脱俗的让人向往的前景。难怪前人纷纷赞叹："第五句一拨便转，不知言外多少委婉。"（李攀龙《唐诗广选》引蒋仲舒语）"此种断以不说尽为妙，结得有多少妙味！"（黄培芳《唐贤三昧集笺注》）"妙远。"（高步瀛《唐宋诗举要》）

我总觉得这是送孟浩然的。内容太贴切了，情调太合适了。当然，王维题目里未写明被送别者姓名的送别诗不止一首，至少还有一首《山中送别》："山中相送罢，日暮掩柴扉。春草明年绿，王孙归不归？"内容是隐于泉石者送"驰骛功名之士"杀回红尘的（《诗境浅说》），显然不可能是写给孟浩然的。

每次读到《送别》，我都会想：这是送孟浩然的。那一片"无尽时"的白云，是王维用来安慰孟浩然的，也是对尘世中的得失计较的终极解药——世间的荣华富贵，都有尽时，有的甚至转眼成空，真是值得如此执著吗？像白云一样自在飘浮、舒卷随意，才是最好的精神归宿。

然而，我居然一直错过章燮《唐诗三百首注疏》中的一句"此疑送孟浩然归南山作"。后来终于撞见这句话，不禁大喜，如拨云见日，从此就拿定主意，认定《送别》就是王维送孟浩然的，疑也不疑了！不是学者的我，已经不用继续“小心求证”，我只为我的心。

孟浩然和王维的赠答，读得出他们的情谊，也读得出他们对尘世的近似而不同的态度，以及各自的处境、性格、趣味。王维是真正超脱而清淡，孟浩然则是两种不同价值观还在纠结、深受环境和处境的影响、在焦虑中寻找着内心的平衡，更像当代的知识分子。

《送别》究竟送谁，其实无关紧要。“但去莫复问，白云无尽时。”

曲有终，意无穷

唐诗之所以是中国诗歌的顶峰，是因为时代风气的开放、民族血脉的健旺，也因为各种艺术门类的极大发展，造就了一个时代的高原，在这个高原之上出现了诗歌的高峰，自然令人叹为观止。

间接的影响不论，唐诗中与绘画、音乐、舞蹈有关的就不少。今天只说写音乐的。

李颀是最早对音乐投入极大热情的诗人，他有三首写音乐的诗，分别是《琴歌》《听安万善吹觱篥歌》《听董大弹胡笳弄兼寄语房给事》。第一首自然写琴，第二首写觱篥，觱篥读“必立”，又叫笳管，一般竹制，上开八孔，管口插有芦苇制的哨子，今已失传。第三首是写胡笳？如果是胡笳，应该是吹奏，这位董大如何是弹？原来《胡笳弄》是一首历史名曲，它是按照胡笳声调翻为琴曲的，因此这首诗的第一句就写到蔡文姬和她的《胡笳十八拍》：“蔡女昔造胡笳声，一弹一十有八拍。”所以这首诗写的是弹琴而不是吹胡笳。这一点，专家们也有疏忽的，《唐诗鉴赏辞典》中就有人说是弹琴，有人误说是“正写胡笳”。至于董大，是当时著名琴师董庭兰，琴艺和气质受到士大夫们推崇，高适的名句“莫愁前路无知己，天下谁人不识君?”（《别董大》）就是写给他的。

唐人的生活离不开各种乐器和歌声，笔端常常飘动着音符。喝酒喝到兴高，会“与君歌一曲，请君为我倾耳听”（《将进酒》）的李白，对音乐自然不是外行，写下了《山中与幽人对酌》《与史郎中钦听黄鹤楼上吹笛》《听蜀僧濬弹琴》《春夜洛城闻笛》等。此外更有王昌龄《听流人水调子》，高适《塞上听吹笛》，刘长卿《听弹琴》，钱起《省试湘灵鼓瑟》，郎士元《听邻家吹笙》，李端《鸣筝》，柳中庸《听筝》，李益《听晓角》《夜上受降城闻笛》，窦牟《奉诚园闻笛》，韩愈《听颖师弹琴》，刘禹锡《与歌者米嘉荣》《听旧宫人穆氏唱歌》，白居易《琵琶行》《夜筝》，李贺《李凭箜篌引》，李商隐《锦瑟》《银河吹笙》……不胜枚举。

用文字写音乐，其实是一个“不可能的任务”，但是诗人们自有高招。

写琴声，他们常常用到“流水”“松风”这类字眼。因为琴声常常给人带来水流石上、风入松林的既清且和的感觉。刘长卿写来是“泠泠七弦上，静听松风寒”，李白则是“为我一挥手，如听万壑松。客心洗流水，余响入霜钟”。

钱起《省试湘灵鼓瑟》以丰富的想象力将无形的瑟曲写得具体而鲜活，伸手可及，最妙的是结尾：“曲终人不见，江上数峰青。”镜头突然拉远，一片明净空灵，只留回声，不见伊人，而余情不绝。

郎士元《听邻家吹笙》也别具一格：“风吹声如隔彩霞，不知墙外是谁家。重门深锁无寻处，疑有碧桃千树花。”碧桃是天上王母的桃花，“碧桃天上栽和露，不是凡花数”，所以这想象中的碧桃花，写出笙声美妙而奇特，好像从天上传来，是“此曲只应天上有”的大通感版本。

李端《鸣筝》写的则是弦外之音：“鸣筝金粟柱，素手玉房前。欲得周郎顾，时时误拂弦。”周郎原本是指周瑜，他精通音乐，即使喝得半醉，听到曲子演奏有误，也会转过头去看一眼，所以当时有“曲有误，周郎顾”的谚语。这里借来指知音者。这位弹筝女子对眼前这位男子有意，明知对方是赏音者，只因一心想引起他的格外注意，故意“大失水准”一再出错。因为若是弹奏得好，往往听者专心于欣赏曲子，一旦出错，便会留意弹奏者。将女子的微妙心理和娇俏情态写得很到位。前人就有“手在弦上，意属听者。……李君何故知得忒细”

的评价（清人徐增语）。

还有更高明的赏音者。《新唐书》本传记载：有人得到一幅奏乐图，不知其名，王维看了说："这是霓裳曲第三叠第一拍。"有人召集乐工来演奏，到了第三叠第一拍，与图中相同，丝毫不错，众人都非常佩服。这样看来，王维在音乐上的造诣，超过了无数"周郎"。

请于纸上听丝篁

若论唐代写音乐最高妙的杰作，当数韩愈的《听颖师弹琴》、白居易的《琵琶行》、李贺的《李凭箜篌引》。写得出神入化，实在难以企及，难怪前人将它们推许为“摹写声音至文”（清人方扶南语）。

先看《听颖师弹琴》：“昵昵儿女语，恩怨相尔汝。划然变轩昂，勇士赴敌场。浮云柳絮无根蒂，天地阔远随飞扬。喧啾百鸟群，忽见孤凤凰。跻攀分寸不可上，失势一落千丈强。嗟余有两耳，未省听丝篁。自闻颖师弹，起坐在一旁。推手遽止之，湿衣泪滂滂。颖乎尔诚能，无以冰炭置我肠！”

《唐宋诗举要》中评价它：“无端而来，无端而止，章法奇诡极矣。”起句对弹琴者、时间、地点没有任何交代，直接进入“听”，让人觉得琴声一起，诗人一下子就被吸引住了，顾不得其他的一切了。诗人听到了什么？琴声先是细碎轻柔，像小儿女在昵昵私语。突然变得激昂起来，像勇士横刀跃马冲入敌阵。接着琴声又转开阔宁静，像浮云柳絮在广阔的天地间自在飘扬。群鸟飞集，鸟声喧闹不已，只见一只凤凰孤傲长鸣。它执意向上，分分寸寸地向上跻攀，突然跌落下来，一下子跌落到千丈之下。诗人慨叹自己过去虽有两耳，却不懂音乐，今天听颖师弹琴，一开始就坐立不安，听到最后，几乎失态地阻止颖师继续弹下去，一边泪如雨下打湿了衣裳，一边说：颖师啊，我知道你的能耐了，请不要同时把冰和炭放入我的胸中，我受不了！

写琴声妙处准确而生动，写听者的感受更是柔肠百转、惊心动魄，全诗蓦然而起，戛然而止，却留下感情的激荡波及读者。大诗人的性情和功力都由此可见。

“吴丝蜀桐张高秋，空山凝云颓不流。江娥啼竹素女愁，李凭中国弹箜篌。昆山玉碎凤凰叫，芙蓉泣露香兰笑。十二门前融冷光，二十三丝动紫皇。女娲炼石补天处，石破天惊逗秋雨。梦入神山教神妪，老鱼跳波瘦蛟舞。吴质不眠倚桂树，露脚斜飞湿寒兔。”色调瑰丽、想象奇诡、带着非人间的气息，这是《李凭箜篌引》，这是李贺。

吴丝蜀桐制成的箜篌，秋高气爽的季节，弹琴的是著名的箜篌演奏家李凭。和韩愈不同，李贺没有写自己的感受，而是说李凭一开始弹奏，天上的云马上停了下来，善于鼓瑟的湘娥哭泣，素女含愁，长安十二道城门前的寒气渐渐消融了，箜篌的二十三弦打动了天帝、女娲、神妪、老鱼、瘦蛟，连吴刚都倚着桂树倾听，忘记了睡眠，玉兔也听呆了，任凭露水打湿了全身。通过这些天上人间的听众的各种反应，写出了李凭箜篌的“惊天地，泣鬼神”。正面写乐声的只有两句：“昆山玉碎凤凰叫，芙蓉泣露香兰笑。”极美，极奇，令人目眩神迷，心驰神往。十四个字而能如此繁富、奇特、华美，真不可思议！

最著名的当数《琵琶行》。在白居易的时代，就“童子解吟长恨曲，胡儿能唱琵琶篇”，到当代还选入中学课本。小时候，老师告诉我这是长篇叙事诗，我也毫不怀疑，白居易在九江的时候，真的遇到过这样一位琵琶女。后来才知道应该是作者通过虚构的情节，来抒发“天涯沦落之恨”（宋人洪迈《容斋随笔》卷七）。但是这不重要，重要的是，这首诗写音乐写得太美了：“轻拢慢捻抹复挑，初为霓裳后六幺。大弦嘈嘈如急雨，小弦切切如私语。嘈嘈切切错杂弹，大珠小珠落玉盘。间关莺语花底滑，幽咽泉流冰下难。冰泉冷涩弦凝绝，凝绝不通声暂歇。别有幽愁暗恨生，此时无声胜有声。银瓶乍破水浆迸，铁骑突出刀枪鸣。曲终收拨当心画，四弦一声如裂帛。”描摹声音、旋律、意境，惟妙惟肖，如在耳畔，如在眼前。由慢而快，由滑而涩，由涩而凝，而暂歇，进入“无声胜有声”之境，然后高潮突起，才觉惊心动魄，便戛然而止。为了衬托琵琶声的引人入胜，诗人立即用“东舟西舫悄无言，唯见江心秋月白”来写出所有听者的沉醉忘情——人间一切都如受催眠，只有江心映出的月亮还保持冷静。留出一片天地让人错愕失神，进而回味如潮，荡气回肠。

只凭一首便留名

如果说评价一个诗人，要看他的诗写得好不好，而不是他写得多不多，好像接近废话。不过如果一个诗人仅凭一首诗，就千古流芳，青史留名，除了实力，应该还有运气。诗文其实也有宿命的，写成什么样，能否见天日，能否流传，都关气数。

这样的诗人，首推张若虚。他凭一首《春江花月夜》，毫无争议地成为"只凭一首便留名"的代表人物。这首无比清朗又无比鲜艳，无比纤细又无比辽阔，倾倒了许多代中国人的诗，不是三言两语可以触摸的，容我以后专门写一篇对之表示敬意。

孟郊是个好儿子，因为深切地理解了母爱而成为好诗人。他的《游子吟》是唱出了所有儿女永远的心声，对母亲永远的感激和表达不尽的深爱。母亲实际上都是得不到充分回报的，但这首诗可以带给母亲彻底的安慰——"慈母手中线，游子身上衣。临行密密缝，意恐迟迟归。谁言寸草心，报得三春晖？”

如果没有这首《春怨》，大概没有人会记得金昌绪这个名字。但是他凭活色生香的二十个字挽救了自己：“打起黄莺儿，莫教枝上啼。啼时惊妾梦，不得到辽西。”一个思念丈夫的少妇，把满心的怨愤，发泄到无辜的黄莺身上，怪它的啼鸣惊扰了自己的美梦，害自己不能在梦里到辽西（指征戍之地）和丈夫相会。如此不讲理，越见出情之痴，见出盼望之苦。第二句末和第三句首都用了“啼”，是所谓“顶针格”，诗句更加流转生动。这首诗写得太好了，从此黄莺儿就倒了霉。后世的诗人在表达闺怨幽恨的时候，往往也都和黄莺过不去：晚唐令狐楚《闺人赠远》、五代冯延巳《菩萨蛮》、北宋苏东坡《水龙吟》……

王翰的总体成就不能和王之涣相比，但是他的《凉州词》与王之涣伟大的杰作《凉州词》（“黄河远上白云间”）比肩而立，却并无惭色：“葡桃美酒夜光杯，欲饮琵琶马上催。醉卧沙场君莫笑，古来征战几人回！”这里的葡桃就是葡萄。说的是：葡萄美酒斟满了光明夜照的白玉杯，正要开怀畅饮，有人在马上拨响了助兴的琵琶乐曲。如果我醉得躺在沙场上，你也不要笑话，从来为国征战，有几个能活着回来！悲壮的出发场面，马革裹尸的决心，却用一种欢快的、半开玩笑的口吻说出，出人意料，而更见其豪迈气概。前人认为这首诗是“无瑕之璧”（明王世贞《艺苑卮言》），是很有道理的。

然后便是张继的《枫桥夜泊》了。我不久前在苏州寒山寺的照壁上重温了一遍这首诗，再次感受到它那种永恒的静谧的美：“月落乌啼霜满天，江枫渔火对愁眠。姑苏城外寒山寺，夜半钟声到客船。”这首诗，愁不是重点，那只是一种清愁、闲愁，重点在于景色之美、氛围之美、环境和心态都很宁静因而和谐的美，一种带着淡淡的神秘和宇宙感的大美。

诗人章碣是个气性大的人，他生在黑暗的唐末，公然骂军阀，骂宦官，弄得自己没有立足之地。不过我更佩服他的是见识。因为见识过人，《焚书坑》便留在了历史上：“竹帛烟销帝业虚，关河空锁祖龙居。坑灰未冷山东乱，刘项原来不读书。”——焚书的烟刚消散帝业就空虚了，种种关隘险阻也不能保全始皇帝的天下。焚书的坑灰还没冷天下就大乱了，却原来造反的刘、项根本不读书！什么叫构思巧妙，什么叫一针见血，什么叫嬉笑怒骂，什么叫掷地有声，这就是示范了。

肯定有人会说漏掉了王之涣。确实，王之涣的《登鹳雀楼》（“白日依山尽，黄河入海流。欲穷千里目，更上一层楼。”）和《凉州词》（“黄河远上白云间，一片孤城万仞山。羌笛何须怨杨柳，春风不度玉门关。”）都是千古绝唱，分别是唐人五绝和七绝的炉火纯青之作，但是因为这里说的是“一首”，而他这两首，我不知道该如何取舍，所以就把他放下吧。他是天才，不会在乎的。

痴情司不是道理司

情到真处，往往不讲道理，情到痴时，索性无理可讲。落到诗里，自然也可以看到许多这样“无理可喻”的痕迹。

明明是客居在外急于归乡而不得，却怪起了秋风——“秋风不相待，先到洛阳城。”（张说《蜀道后期》）自己不能如期回到家乡，却怪罪秋风不肯等待，抢先到了洛阳城。当然无理，但将游子的心情写得多么曲折深沉。

还有怪春风的。“只言啼鸟堪求侣，无那春风欲送行。”（高适《夜别韦司士》）“无那”就是“无奈”。依依惜别之际，偏偏春风不解人意，一再催促着出发，于是朋友只得无奈地分别。春风如果解语，肯定反驳：“何曾派定我送行差使？我自吹拂，尔等自离别，关我何事？”但是，这无理的感觉，将节令、氛围和惜别之情融合得何等自然浑然。

皎洁的月亮也有被埋怨的时候。“谁为含愁独不见，空教明月照流黄。”（沈佺期《独不见》）——独自含愁不能和夫君相见，一轮明月偏偏照着我寂寞的帷帐。思念丈夫，独守空房，月明之夜，忧伤难当，怪谁？怪月亮。当然是迁怒，毫无道理，但是更加哀怨，且诗味更加悠长。

到了宋朝，苏东坡还因为手足之间不得相见而继续埋怨月亮："不应有恨，何事长向别时圆？"（《水调歌头》）当人们无法见到亲爱者的时候，似乎月亮就应该知趣地不圆不亮，免得被怪罪被责问。幸亏月亮从来超然，以永恒的"无情"冷对人间阵发的"无理"。

"打起黄莺儿，莫教枝上啼。啼时惊妾梦，不得到辽西。"（金昌绪《春怨》）这位少妇把一腔幽怨发泄到黄莺儿身上。这一无理，成就了一首名作。

同样的"心理症状"和奇特逻辑，在《啰唝曲》（又名《望夫歌》）中清晰可见："不喜秦淮水，生憎江上船。载儿夫婿去，经岁又经年。"——我不喜欢秦淮河水，讨厌死了长江上的船，因为是它们把我的丈夫载了去，一去就是一年又一年。这首诗是民歌风格，其中小女子的神态口吻任性娇俏，连沈德潜在《唐诗别裁》中都说："不喜、生憎、经岁、经年，重复可笑，的是儿女子口角。"读这段评语，似乎可以看到这位前贤忍俊不禁的模样。

李商隐的《蝉》表面咏蝉，其实自伤悲苦，被誉为"咏物最上乘"（朱彝尊语），其中"五更疏欲断，一树碧无情"一联——蝉整夜鸣叫，已经声嘶力竭断断续续，树却无动于衷，依然自顾自翠绿着。“碧无情”表面上怪树，其实是指有权有势者坐视诗人的潦倒痛苦，不肯施以援手。愁人、恨人眼中的世界是不一样的。树是绿的，李商隐不觉其生机，只觉其无情。看到梅花呢？也不觉其耐寒脱俗，而觉得：“寒梅最堪恨，长作去年花。”（《忆梅》）为什么“堪恨”？是因为李商隐特殊的身世。他灵异早慧，少年就有文名，并登了科第，可是后来却连遭不幸，命运坎坷。看到非时而早秀、望春而先凋的寒梅，像看到自己的化身，黯然神伤，无法排解，岂能不怨？高才而潦倒至此，不讲理，似乎是最后的任性了。

一样“恨”花，郑谷的情绪比李商隐平和一些、“家常”许多——“情多最恨花无语，愁破方知酒有权。”（《中年》）——多情的人实在恼恨花不能共语，破除了愁闷才知道原来酒掌握着大权。这种时光无情、盛年不遇的伤感和无奈，似乎属于大多数中年人。当然，这种“迁怒”也是无理的。

多年前听家父说过：在常识上没道理的事情，到了诗里往往是有理的。（见潘旭澜《艺术断想·“无理”之理》）前人也有“理之所必无，情之所常有”之论，固然都极是，但我偏爱亦舒小说中的一句话：痴情司不是道理司。正是呢，写诗和感情一样，是不能论理的。情之所至，无理可喻，至情之语，无理而妙。

“色衰”，然后“爱弛”？

乐府《相和歌·楚调曲》中，有一首相传是班婕妤所作的《团扇诗》：“新裂齐纨素，鲜洁如霜雪。裁为合欢扇，团团似明月。出入君怀袖，动摇微风发。常恐秋节至，凉飙夺炎热。弃捐箧笥中，恩情中道绝。”

这首诗清丽委婉，怨而不怒，诗中活画出了一个女人的身影，她集美貌与才华于一身，短暂的荣宠之后就开始了长长的不幸，但依然保持着清明的理性和自尊的风度，也因此格外令人同情。

汉成帝时，班婕妤貌美而有文才，受到成帝宠爱。后来赵飞燕姐妹得宠，气焰很盛，势必排除异己，班婕妤为了保全自己，主动要求到长信宫侍奉太后。从此，秀美的班婕妤和那柄洁白的团扇，一起成了凄凉失宠的代名词，许多宫怨诗的灵感来源于此，甚至就直接拟托班婕妤而作。

比如唐王昌龄的《长信秋词》：“奉帚平明金殿开，

且将团扇共徘徊。玉颜不及寒鸦色，犹带昭阳日影来。”大意是：天一亮就捧着扫帚打扫宫殿，然后手执团扇到处徘徊。可怜我这如花似玉的容貌还比不上乌鸦的幸运，它还能从皇上新宠所住的昭阳宫带上一点阳光来。这里是用“日影”比喻君恩。《唐诗别裁》说这首诗“寒鸦带东方日影来，见已之不如鸦也。优柔婉丽，含蕴无穷，使人一唱三叹”。

那个被冷落的人（不一定是班婕妤，但一定是和她一样命运的人）并不是容颜枯槁、蓬头垢面，相反，还是“玉颜”。花容月貌、正当韶华而被冷遇，面临寂寞到老、到死的境遇，这些女子并非人人能像班婕妤那样维持风度，也许这样的反应更加真实：“泪痕不学君恩断，拭却千行更万行。”（刘皂《长门怨》）

这里当然是说宫中，那个世界里，君王是唯一而且绝对的主宰，他有权喜新厌旧薄情寡义，不这样简直都对不起他的特权。那么宫外呢？是不是就少了哀怨，多了你侬我侬、恩爱情深？

“燕子不归春事晚，一汀烟雨杏花寒。”（戴叔伦《苏溪亭》）无情的游子像燕子那样没有回到旧巢，烟雨中的杏花都显得凄凉无助。完全可以想见，这里的女子也依然是青春玉颜，一如盛开的杏花，但是已经不复风和日丽时的明艳照人，如果再等待下去，就会匆匆凋零。

“以色事他人，能得几时好?”（李白《妾薄命》）常言说，红颜易老，色衰爱弛，看来李白也赞同那个古老的解释。但是这两句诗实在太机械太“唯物”了，似乎还带着对女性的谴责——为什么要以色事人呢？太不够档次，也太没有头脑，太缺乏预见了。这样倾斜的理性，今天读起来散发着一股陈腐的气息。

我们已经从宫里宫外那些哀怨的诗中获知，哪怕就是在当时，实情也并非如此。不是色衰爱弛，而是爱弛色衰——青春犹在，容颜犹好，但爱意已移，情缘已绝，然后失去了爱情和希望的美貌不得不渐渐萎谢。

我更欣赏“红颜未老恩先断”（白居易《后宫词》），清清楚楚地揭示了在情爱中占强势的一方的无情和处劣势的“红颜”的无辜。红颜未老，而且肯定尽心装扮，“一肌一容，尽态极妍”（杜牧《阿房宫赋》），但是没有用，“爱弛”和“色衰”无关，依然绽放的美丽留不住匆匆离去的情爱。对于女性来说，这个认识更绝望，但是更清醒。

也许事实就是如此：无论古今，爱情比红颜更短暂。

弱女壮士同此哭

在古诗里，往往用美貌来比喻才华，用美貌女子没有得到宠爱，来比喻人才的没有得到重用，所以不少诗其实是借樱桃朱唇来发怀才不遇的牢骚。

唐宋文学专家莫砺锋先生说，“唐代诗人最重要的集体性的人生感慨”是怀才不遇的感觉。因此唐朝的咏史诗中有两个历史人物最常被提起，他们是“诗人们发泄怀才不遇的牢骚的对象”，这两个人都是西汉人，一个是贾谊，一个是王昭君。

贾谊（公元前 200 ～ 前 168 年）是汉初最著名的政治家、文学家、思想家。他少年出名，二十岁刚出头，就被征召入朝，立为博士。一年之中，又被破格晋升为太中大夫。汉文帝还想把他升擢为公卿，但遭到群臣的反对。此后，群臣纷纷进谗言，汉文帝就疏远了他，并将他贬出长安，去当长沙王的太傅。过了四年，文帝又思念起贾谊来，于是又将他召回长安。贾谊写了一篇很著名的奏疏《治安策》，文帝看了十分感慨地说："吾久不见贾生，自以为过之，今不及也。"不久，汉文帝委任贾谊为自己心爱的幼子梁怀王的太傅。谁知几年后，梁怀王不幸坠马而死。贾谊觉得自己没有尽到责任，因此非常伤心常常哭泣，一年以后也死了，年仅三十三岁。怀才不遇加上英年早逝，诗人们都非常同情他的遭遇，在哭他的同时也哭自己："贾生恸哭后，寥落无其人！"（杜甫）"汉文有道恩犹薄，湘水无情吊岂知？"（刘长卿）"贾生年少虚垂涕，王粲春来更远游。"（李商隐）

昭君出塞的故事流传很广，这位汉宫里美貌第一的女子，远嫁匈奴，"天涯去不归"（李白《王昭君》），最后就死在了他乡。杜甫在《咏怀古迹》五首中有一首写王昭君："群山万壑赴荆门，生长明妃尚有村。一去紫台连朔漠，独留青冢向黄昏。画图省识春风面，环珮空归月夜魂。千载琵琶作胡语，分明怨恨曲中论。"对于这首诗，金圣叹有过一个评价："咏明妃，为千古负才不遇者十分痛惜。"

莫砺锋先生指出："在封建社会，男性以才能而见重于社会，女性却只能以容貌见重于社会……所以，女性有美貌而不被重视，跟男性的怀才不遇，两者的意义是一样的，都是人生的一大悲剧。"（以上均参见《莫砺锋说唐诗》）

杜荀鹤的《春宫怨》也深得个中三昧：“早被婵娟误，欲妆临镜慵。承恩不在貌，教妾若为容。风暖鸟声碎，日高花影重。年年越溪女，相忆采芙蓉。”

这里最重要的一句是“承恩不在貌，教妾若为容”——获得恩宠并不在于美貌，叫我如何为自己描画打扮呢？这是一句牢骚：天生丽质没有用，精心装扮更没有用，因为不知道皇上根据什么来施恩。其实是说：有才华没有用，因为当权者不看重，他们有眼无珠。

美貌和才华有一个共同点，就是要遇到知音赏识才不会被埋没。贾谊和王昭君就很不走运，前者是怀奇才而不遇，后者是秉绝色而见弃。

“钟陵醉别十年春，重见云英掌上身。我未成名君未嫁，可能俱是不如人。”这是晚唐诗人罗隐的《赠妓云英》。罗隐性格孤傲，好讥讽权贵，屡试不第，一生坎坷。他和钟陵才妓云英分别十几年后重逢，罗隐写下了这首诗。末两句是悲苦的反话：一个还是贫寒布衣，一个妙龄已逝、未脱苦海，大概是我们都不如人吧。其实是说：像我这样有才华，像你这样才貌双全，却偏偏一个不能出人头地，一个不能得嫁良人，这世道是多么不公平！

如同一度受宠然后失意的班婕妤，男人受到重用之后再被冷落也是很可怕的境地。王维在《老将行》中写一个战功卓著的老将军因为统治者赏罚不公、任人唯亲而遭冷遇，那之后怎么样了呢？“自从弃置便衰朽”！如同“红颜未老恩先断”，往往男人也不是因为老了才被抛弃，而是被抛弃了才迅速衰老。

为什么总用女子遭冷遇比喻男人的怀才不遇呢？如果反过来，偏用“自从弃置便衰朽”来印证：不是色衰爱弛，而是爱弛色衰，不也很贴切？也许有人会觉得有点辱没了须眉丈夫，但其实这样很容易让隔膜的两个性别真正互相理解。而且，“大”男人们梦寐以求的功名前程，真的就比“小”女子们魂牵梦绕的情爱重要么？

美人如花隔云端

总觉得，写《长相思》的时候，李白的心特别柔软。在他的七言歌行里，这一首，特别有含蓄蕴藉的韵味——

长相思，在长安。
络纬秋啼金井阑，微霜凄凄簟色寒。
孤灯不明思欲绝，卷帷望月空长叹。
美人如花隔云端。
上有青冥之长天，下有渌水之波澜。
天长地远魂飞苦，梦魂不到关山难。
长相思，摧心肝。

因为古典诗歌中的“美人”往往比喻诗人追求的美好理想、所向往的理想人物，加上“长安”这个明确的带政治色彩的符号的出现，所以专家认为此诗另有寄托，是在“抒写诗人追求政治理想不能实现的苦闷”（周啸天语）。我无意于反对这个判断，但是，基于看诗可以“不分明”的个人立场，我有时候会知之为不知，故意忽略专家考证和推断的结论，单纯地欣赏一首诗，做一个被单纯感动的无知者，同时保持自由联想、想入非非的权利。

我宁愿把它仅仅当成爱情诗来读。因为这首诗很美，美得有不被“索隐”的豁免权，也因为好不容易有一首不再假扮女人、因此显得取向“正常”的爱情诗。为什么一定要有寄托？那么李白如果要写爱情该怎么办？这首诗作为爱情诗绝对是一流的。前半段写孤苦寂寞，后半段写相思之苦和无望，都十分传神而动人，最后一句“长相思，摧心肝”真是痛彻心扉、血泪双流的一声呼喊，既有“他生未卜此生休”的无奈和绝望，又有“为伊消得人憔悴”、九死未悔的执著和甘心。此语非真性情者不能语，一旦道出，便是荡气回肠，人间神伤，山鸣谷应，天地低昂。

但是这首诗让我最难忘的是另一句：“美人如花隔云端。”首先，这是诗中唯一的单句，屏风也似的横在诗的正中，没法不注意到它。其次，这句诗实在太美了。完全非现实，但是却如此真切如此直接地说出来，说成了人人梦见过的画面。是那种让人见之忘俗、一读倾心的诗句。

还有，从心理学的角度看，这句诗有着耐人寻味的地方。

美人如花，一颦一笑，在记忆中、思念中真切清晰，而在现实中，两个人的距离是“天长路远”，相见的难度是“梦魂不到”，所以是“隔云端”。但是，如果得与美人天天相守，耳鬓厮磨，红袖添香甚至生儿育女、柴米油盐，天长日久，还能觉得“如花”吗？会不会是“美人如花无处寻”？

正是因为“隔云端”，“美人”才永远“如花”。这种障碍既是一种遗憾，也是一种成全。西方美学上著名的“美在距离说”，用唐诗的意象解释就是，美人必须隔云端，才能保持如花之美感。

唐诗宋词中通过强调距离来抒发感情的名句不少，比如：“刘郎已恨蓬山远，更隔蓬山一万重”（李商隐）；“平芜尽处是春山，行人更在春山外”（欧阳修）。

中国诗歌中咏叹“美在距离”的源头也许是《诗经》中那首著名的《蒹葭》：“蒹葭苍苍，白露为霜。所谓伊人，在水一方。溯洄从之，道阻且长。溯游从之，宛在水中央。　　蒹葭凄凄，白露未晞。所谓伊人，在水之湄。溯洄从之，道阻且跻。溯游从之，宛在水中坻。　　蒹葭采采，白露未已。所谓伊人，在水之涘。溯洄从之，道阻且右。溯游从之，宛在水中沚。”不但很有距离，而且无论如何无法缩短，也正因为如此，那位伊人始终具有无法抵御的吸引力。也许可以将歌德的名言“永恒的女性，引我们上升”，改成“永恒的距离，引我们上升”？

记得听到过这样一句话：一个人不能在最爱的城市生活，也不能和最爱的人结婚。无他，就是因为距离的消失会带来美感的消失，而如果那是你的最爱，带来的就不只是失望而是幻灭，对于执著于精神生活的人，那是毁灭性的。有的地方有的人，好得不能相见，需要远远地隔了，才得保全。

美人如花隔云端。美在距离。生活在别处。

隔着千山万水，隔着迢迢时光，隔着起落沧桑，隔着今生今世，这些，就是云端？尘土之中，我们忽忽地老去，我们的理想和梦中的一切，在云端之上，永远如花。

诗是空气　诗是呼吸（1）

读关于唐诗的各色文字，常常惊讶于诗歌在当时生活中的地位。

虽然早就从专家们那里学到、记取了这样的“梗概”：当时科举举士，李世民在端门“见新进士缀行而出”，高兴地说，“天下英雄入吾彀中矣”，加上以诗取士，使得整个知识分子阶层几乎都是诗歌作者。诗歌作者群空前广大，上至帝王将相，下至贩夫走卒、和尚、道士、妓女。诗歌影响遍及社会各阶层，元（稹）白（居易）之诗传诵于“牛童、马走之口”“炫卖于市井”之中，写在“观寺、邮候墙壁之上”，歌妓演唱，村童竞习。（参见余冠英、王水照《唐诗发展的几个问题》及章培恒、骆玉明主编《中国文学史》）

但是在与一些“情节”相遇和重逢时，仍然感到吃惊，才知道自己的想象和事实相比是何等苍白。怀着这种愉快地“受打击”的心情，一路追寻，终于发现，在那个时代，诗歌是空气，无处不在，无时不在。诗歌是呼吸，所有的人每时每刻都不能停息。

看“每到驿亭先下马，循墙绕柱觅君诗”这句。诗本身质朴无华，谈不上出色，但是它所揭示的历史真实却让我惊叹。

这出自白居易的《蓝桥驿见元九诗》。元和十年，白居易从长安贬江州，经过蓝桥驿，看到了八个月前元稹自唐州奉诏回长安路过这里时，在墙上留给他的诗。白居易出长安和元稹回长安，有一段道路是一致的，所以既然在一处看到了元稹留给他的诗，后面沿途的许多驿站，可能还有元稹的题诗，白居易每到一处就格外留心。让我惊叹的不是这两位诗人间的友谊，不是他们命运的沉浮，而是当时那种交流的方式和诗作发表的自由度。试想：长路迢迢，一路行去，每个驿亭都有诗，墨痕历历，诗韵淋漓，在墙上，在柱子上，在你目光所及的每个角落。其中有你的朋友的作品，甚至就是留给你的。这是多么激动人心的事情！

而白居易到了江州之后，还有新的发现。他在给好友元稹的信里说：这次我从长安到江州，走了三四千里地，一路上经过许多小旅店、乡村学校、寺庙，还坐了客船。这些建筑，这些船只，到处都题着我的诗。（这就不是作者自己题上去的，而是别人将白居易的诗写到墙上和柱子上了。）他还说：路上遇到的人，不论男女老少，有的是体力劳动者，有的是出家人，他们都能背诵我的诗。诗歌在社会上就是这样受欢迎，这样朝野传诵，无远弗届。

诗的太阳照彻，诗人之间容不下任何“相轻”的阴暗，他们是那样光明地互相欣赏和敬慕。李白是这样看孟浩然的：“吾爱孟夫子，风流天下闻。……高山安可仰，徒此揖清芬。”杜甫是这样看李白的：“白也诗无敌，飘然思不群”“世人皆欲杀，我意独怜才。”而杜甫自己拥有众多铁杆“粉丝”，其中诗人张籍爱得别出心裁，唐《云仙杂记》中说他居然将杜诗当药喝。具体“制法”是：拿来一卷杜诗，烧成灰烬，然后调了蜜制成蜜膏，经常冲来喝，他说这是为了“令吾肝肠，从此改易”。真是痴得可爱。

离风雅、教化最遥远的阶层呢？那就看看强盗吧。

诗人李涉有一首《井栏砂宿遇夜客》：“暮雨潇潇江上村，绿林豪汉夜知闻。他时不用逃名姓，世上如今半是君。”这首诗是献给强盗的。

《唐诗纪事》记载：李涉曾到九江，在一个渡口遇到强盗，问他是谁，随从报了他的名字，强盗首领说：“若是李涉博士，我们就不抢他的财物了，久闻他的诗名，给我写一首诗就可以了。”李涉就写了这首诙谐的诗，说

“看来我也不必想隐姓埋名了，连你们都知道我的名字，何况如今世上一半是你们这样的人了”。当时那个强盗首领很高兴，反而送了许多东西给李涉。

无法无天、杀人越货的绿林好汉尚且如此尊重诗人，诗人在当时的影响力可想而知。

诗是空气　诗是呼吸（2）

不要说朝野上下和“天下英雄”（所有读书人），就是出家人，也和诗割不断缘分。

因为不可能以之换取功名、博取前程，所以僧人作诗便多了“为艺术而艺术”的非功利色彩。

诗人骆宾王跟着徐敬业反武则天，还写了著名的《讨武曌檄》，武则天读了吃惊地问：“谁写的？”然后说：“宰相怎么会错过这样的人才？”后来敬业兵败，他不知所终。传说他隐于灵隐寺了。宋之问游灵隐寺，得诗两句：“鹫岭郁岧峣，龙宫锁寂寥”，两句之后卡壳了，这时有位老僧续道：“楼观沧海日，门对浙江潮。”气势磅礴，点石成金。宋之问大吃一惊，到第二天早上再去找他，已经不知去向。有知情的僧人说破：“那是骆宾王。”这位大诗人一时技痒，就暴露了行藏，只得又去别处藏身了。

比半路出家的骆宾王纯正的僧人，写诗的也大有人在。皎然、贯休、齐己是其中的代表。《四库全书总目提要》卷一五一这样评价唐代的诗僧群落："其有集传于今者，惟皎然、贯休及齐己。皎然清而弱，贯休粗而豪，齐己……风格独遒。"清人则列出了这样的名单："唐释子以诗传者数十家，然自皎然外，应推无可、清塞、齐己、贯休数人为最，以此数人诗无钵盂气也。"（贺贻荪《诗筏》）这数十家中应该还包括寒山、景云。

皎然是南朝诗人谢灵运的十世孙，在当时诗坛影响很大，韦应物、刘禹锡、陆羽等都和他结交。贯休因为"一瓶一钵垂垂老，千水千山得得来"之句，被人呼作"得得和尚"，他不畏权势，屡招怨恨。齐己的《早梅》是名作，不过这位诗僧更难得的是对诗的价值的自觉："自知清兴来无尽，谁道淳风去不还？三百正声传世后，五千真理在人间。"（《咏诗寄知己》）

不要说人，就是唐代的鬼都对诗念念不忘。

"大历十才子"之一的钱起在省试（各州县贡士到京师由尚书省的礼部主持的考试）时面对"湘灵鼓瑟"这个命题，写了一首诗，最后两句是"曲终人不见，江上数峰青"，深得试官嘉许，赞为"绝唱"，被擢为高第。但这两句的原创者不是他，而是鬼。这是钱起在一个月夜听见的"鬼谣"，在考试时看到诗题里有一个"青"字，想起了这两句，就把它写进诗中，果然不同"凡"

响。这鬼，真正是才华过“人”啊。这在《旧唐书·钱徽传》有记载（钱徽是钱起之子，也是晚唐著名诗人）。

说到鬼神不免凄清，那就说个热闹的吧。李白沉香亭奉旨作诗实在太烂熟了，我更爱这一则：旗亭唱诗画壁。

薛用弱《集异记》记载：开元中，诗人王昌龄、高适、王之涣齐名。一日天寒微雪，三诗人来到旗亭（酒楼），一起小饮。后来来了一群梨园伶官在这里举行宴会，然后是几个正当妙龄、打扮奢华的歌女出场，她们唱起了当时流行的诗歌名作。王昌龄等人就偷偷约定：“我辈各擅诗名，一直难分胜负。今天可以暗中听她们唱什么，谁的诗被唱得多的，就算赢。”第一个歌女唱了，是：“寒雨连江夜入吴，平明送客楚山孤。洛阳亲友如相问，一片冰心在玉壶。”王昌龄就在墙上画了一痕说：“一绝句。”一会儿有人唱：“开箧泪沾臆，见君前日书。夜台何寂寞，犹是子云居。”高适就画一痕说：“一绝句。”接着又一个唱道：“奉帚平明金殿开，且将团扇共徘徊。玉颜不及寒鸦色，犹带昭阳日影来。”昌龄就又画一道说：“二绝句。”王之涣并不着急，就说：“这几个都是没品位的，所以唱这种下里巴人的货色。”他指着其中最漂亮的，说：“等这个唱来，如果不是我的诗，我就终身不敢与你们争衡；若是我的诗，你们就该奉我为师。”大家笑着等下去。那个最漂亮的歌女终于唱了，轻启朱唇，莺声呖呖，唱的不是别的，正是："黄河远上白云间，一片孤城万仞山。羌笛何须怨杨柳，春风不度玉门关。"果然是王之涣的名作《凉州词》。王之涣扬眉吐气地说："看，你们两个乡巴佬，我难道是瞎说的吗？"三位诗人不禁一起大笑起来。

多么奇妙的聚会，多么辉煌的墙壁，多么幸福的诗人。

诗是哭，诗是笑，诗是空气，诗是呼吸。这一切确实发生过，那个朝代，叫唐朝。

枉为小人

在我们的文化记忆里，正直的文人总是和穷愁潦倒、命运坎坷联系在一起的。也难怪，读了书就有原则，有操守，生存起来无法像许多市井中人那么有弹性，有才华的人又难免有个性，常常得罪人，不是得罪了显赫大人就是得罪了龌龊小人，有时还两头一起得罪，一不小心就落到了“世人皆欲杀”的地步，想不命苦都难。杜甫的名句“文章憎命达，魑魅喜人过”（《天末怀李白》），就是对这一现象悲愤而伤痛的概括。前人对此多有共鸣：“一憎一喜，遂令文人无置身地。”（邵长蘅语）文章越好命运越糟糕，一有过错小人就会乘机迫害，这样的世界，正直清洁的文人确实是难以生存的。

但凡有例，就有例外。也有情况相反的例子。

张说即是一个珍稀的个案。以前在《得江山之助》里面已经提到过他。这位博学君子，胸怀坦荡，胆识过人，仗义执言，一诺千金。在武则天时就因对策第一而被重用，后来提升到了凤阁舍人的位置。武则天的男宠张易之兄弟势焰熏天之际，张易之诬陷御史大夫魏元忠谋反，朝中官员多敢怒不敢言，张说挺身而出，抗辩说："元忠实实没有谋反，这纯粹是张易之在诬陷。"因此保下了魏元忠，也得罪了皇上，被流放到钦州。这是他的第一次大挫折。到了中宗的时候，张说被召还，到了睿宗朝进同中书门下平章事。这是他的第一次回升。到了玄宗朝，太平公主不可一世，张说因为不肯依附于她，又落得一个"罢知政事"。这是他的第二次大挫折。后来复拜中书令，封燕国公，执笔许多朝廷重要文告，以"燕许大手笔"（他是"燕"，"许"是许国公苏颋）而名闻天下。二落二起，不改君子本色，终于柳暗花明大放光彩。连贬谪的经历也让他的诗"得江山之助"而"尤工"。这真是大快人心。

有君子便有小人。宋之问就是一个。毋庸讳言，他也是很有才华的，有一次武则天游洛阳龙门，让群臣赋诗，东方虬最早交卷，武则天赐他一件锦袍。这时宋之问交了卷，武则天看了，大为赞赏，认为这才是拔了头筹，竟然把锦袍从东方虬手上又夺了下来赏给了他。他对五言律诗的定型有历史性的作用，这是文学史上的定评。

天下最让人遗憾的事情，除了海棠不香、鲥鱼多刺、

《红楼梦》未完成，当属才子无行，即一个人的品格与才华不相称。

和张说相比，宋之问就太“识时务”了，他媚附张易之，聪明人一旦铁了心当奴才，就会做得特别投入，挑战极限，他居然为张易之捧“溺器”！但是他捧起了夜壶的同时，也捧起了自己的官位。他当上了尚书监丞、左奉宸内供奉。然后，张易之垮台了，他被贬为泷州参军。他不肯老老实实在那里待着，竟然擅自从泷州偷偷潜回洛阳，藏匿在朋友张仲之家里。这时张仲之和驸马都尉王同皎等人正在密谋要除掉武则天的侄子武三思，本来已经出局的宋之问获知了这一绝密情报，立马命侄子出面告发。结果，张仲之和王同皎被杀。张仲之在被杀之前应该已经死了一次（悔死的），怎么有眼无珠交了这样的朋友？宋之问这种忘恩负义、卖友求荣的行径，当时就让人不齿，“天下丑其行”。但是宋之问因此非但没有被追究擅自潜回的罪名，反而由此被擢升为鸿胪主簿，又迁考功员外郎。既然出卖人格和道义能“兑现”如此好处，这个聪明人就变本加厉了。这回他又谄事于权倾一时的太平公主，等看到安乐公主的权势后来居上时，又按捺不住投机“惯性”，改投到安乐公主门下。被触怒的旧主子太平公主，向中宗告发宋之问主持贡举时收受贿赂，于是他被贬为越州长史。睿宗继位后一算旧账，觉得此人政治上一贯不正确，将他再流放钦州，后来下诏赐死。这真是“机关算尽太聪明，反误了卿卿性命”！

和张说的二落二起相反，宋之问是二起二落，过程卑污而结局可悲。起落之间，君子更见磊落，小人愈显卑下。

因为“卑鄙是卑鄙者的通行证，高尚是高尚者的墓志铭”的故事读得太多了，所以格外珍惜这样苍天有眼、正邪有报的个案。我愿意借此来使自己相信：命数早定，君子只需安命，而小人终是枉做了小人。

如此春江如此月

一直想，要向《春江花月夜》致敬，必须专门写一篇。但是却一再推迟。这有点像一个热恋中人，如果人家来问："你到底喜欢他什么?"或者"她有哪些优点呢?"会千言万语无从说起，一下子语塞一样。

在我心目中，《春江花月夜》从来是一个梦境，是中国人的一个美梦，这个美梦不知道从何时做起，也不知道做了多少年，只知道至今没有醒，也没有人愿意醒。

春江潮水连海平，海上明月共潮生。
滟滟随波千万里，何处春江无月明?
江流宛转绕芳甸，月照花林皆似霰。
空里流霜不觉飞，汀上白沙看不见。
江天一色无纤尘，皎皎空中孤月轮。
江畔何人初见月?江月何年初照人?
人生代代无穷已，江月年年只相似。

不知江月待何人，但见长江送流水。

白云一片去悠悠，青枫浦上不胜愁。

谁家今夜扁舟子？何处相思明月楼？

可怜楼上月徘徊，应照离人妆镜台。

玉户帘中卷不去，捣衣砧上拂还来。

此时相望不相闻，愿逐月华流照君。

鸿雁长飞光不度，鱼龙潜跃水成文。

昨夜闲潭梦落花，可怜春半不还家。

江水流春去欲尽，江潭落月复西斜。

斜月沉沉藏海雾，碣石潇湘无限路。

不知乘月几人归？落月摇情满江树。

真是一个梦境啊。那么美——美到不可抗拒，那么静——静到不可思议，那么纯净、澄澈，同时又那么迷离、恍惚，那么细致入微、纤毫毕现，又那么空阔辽远、无边无际，除了梦境，还能是什么呢？这个梦，竟由初唐时一位诗人捕捉记录下来，这位诗人的名字是张若虚。

闻一多极爱此诗，在《宫体诗的自赎》里这样评价："这是诗中的诗，顶峰上的顶峰。""在这种诗面前，一切的赞叹是饶舌，几乎是亵渎。"但是，后来的许多学者都不同意把这首诗当作宫体诗，确实如此，它只是借了一个据说是陈后主所创的宫体诗旧题，形式、内容和风格都完全不同。据我看，闻一多这个划分，无意中倒略有“亵渎”之嫌，宫体诗那么狭小，它如此辽阔；宫体诗往往浊俗，而它如此清新。

若要探其源流，“它既吸取了南朝民歌内容和风格上的长处，更发挥了齐梁以来讲求形式美的成就”，“到了张若虚手里，恍似道家说的金丹成就，猛然迸射出万丈奇光——渐变达到了突变的阶段。”（见刘逸生《唐诗小札》）

若要从技术层面分析它，则刘逸生先生的看法可以概括：结构上，“以整齐作为基调，以错综显示变化。……以每四句作为一小组，四句之中押三个韵；一组完成，一定转用另一个韵。就像用九首七言绝句串联起来。”艺术特色，至少有字词的交错复沓（春、江、花、月、夜、人等几个关键词及其伸展），“海平”“海上”，“照人”“人生”，“月楼”“楼上”等紧紧相接，“这种技巧，往往可以显示断而复续的音节美，以及飞丝相接的意境的跳跃”。“后来，这种形式还发展为散曲和民歌中的‘顶针续麻法’”（《唐诗小札》）。作为技法，“飞丝相接”真是个美妙的命名。

说到内容，问题来了：《春江花月夜》到底写了什么？这个问题好像很简单，但其实未必。若说：“它写的就是春、江、花、月、夜呀！”或者：“写了春江花月夜，还有在月光中的人。”也不能说不对，但是我总有点疑惑：真的就是这些，会让人一读再读、再三玩味，常读常新、魂牵梦绕，是什么让它有那么强大、那么长久的魅力？

确实，这是一个月光的世界，里面的江、花、月、夜、人，通过层层渲染，已经融为一体，成为一个清雅幽美、光影变幻的世界。前半部分有美景，有对时间和空间的深深喟叹，后一半写了游子的离乡之苦和思妇的相思之苦，通常就认为这首诗是“良辰美景＋相思”。但其实对后一半的理解不该太过刻板，坐实为“交替描写春江月下男女的思情”，“月下男女的入骨恋情”（见张恩富《唐诗的历史》）。不是，至少不仅仅是。

我总觉得抒发的是一种人生在世、时空行旅的感觉。月华流照而渐渐西斜，美好的光阴正在逝去，不论你是漂流在外还是在家等候，不论你是否为刻骨相思所苦，不论你是否顺利实现了自己的理想，你都在“人生”这场大旅行之中。这场旅行难免孤独和寂寞（“此时相望不相闻”），更有许多的不自由不如意（“可怜春半不还家”），人对这些可以伤感，可以怨恨惆怅，但是要记住：它是非常短暂的，一切终将逝去，光华很快就会沉入永恒的黑暗，因此这美好而时常让人伤感的人生是最可珍惜的。

如果这样理解不算荒谬，那么“不知乘月几人归？”则可以理解成：有几个人在不算太迟的时候找到了自己心灵的归宿？或者说：有多少人是按照自己的心愿度过了一生？

当然，这样一霎“分明”的读解之后，我又会觉得“不分明”起来。而这“不分明”正是它魅力的一部分。如此春江如此月，奥妙无穷，难以言说，有如宇宙。

好诗不劳故事多

记得很多年前，我买到一本《唐诗故事》，里面按照主题收入了一些唐诗和与诗有关的故事，还有插图，那种编排在当时让人觉得新鲜，我读得津津有味。那好像是丛书中的一本，我还为没能找到其他几本（也不知道有几本）而感到遗憾。

后来想起来，觉得有的诗人简直可以算得上“诗少故事多”，或者“故事比诗奇”“故事比诗更出名”。比如韩翃。他著名的其实几乎只有一首《寒食》，但是关于他的故事很有意思而且颇有戏剧性，一是皇帝封官给他，他不相信，坚持说是给另外一个同名同姓的，于是德宗批曰：给“春城无处不飞花”的韩翃。这正是《寒食》的第一句。另一个故事是，他和爱妾柳氏因战乱离散，韩翃给柳氏寄诗：“章台柳，章台柳，往日青青今在否？纵使长条似旧时，也应攀折他人手。”果然柳氏不久为番将沙吒利劫去。韩翃回来后也一筹莫展，后来杀出来一个侠客般的虞侯许俊，去把柳氏抢了回来，沙吒利当然不肯善罢甘休，最后德宗下了个表面抹稀泥、实际上偏向韩翃的旨意："沙吒利宜赐绢两千匹，柳氏却归韩翃。"于是两个人得以破镜重圆。这两个故事都见于《本事诗》。

还有顾况。他最著名的是"长安米贵，居大不易！"这句话。尚未成名的白居易带了自己的诗去拜望这位文坛前辈，顾况生性诙谐，一看他的名字就半真半假地说了这么一句。等到读了白居易的"野火烧不尽，春风吹又生"，不禁赞叹说："有这样的才气，居有何难？老夫刚才是和你开玩笑罢了。"这个故事《幽闲鼓吹》《全唐诗话》都有记载。另一个故事是说他曾经和友人游于苑中，在流水上发现有宫女题诗的树叶，内容哀怨，于是也在叶上题了一首表示同情，在上游投入水中，又过了十几天，有人又发现流出的树叶上宫女酬答的诗句。这就是"红叶题诗"的典故，后来还被演绎成传奇故事。事见《本事诗》。还有说他暮年丧子，写了无限哀痛的《伤子》诗，有"老人年七十，不作多时别"之句，其子游魂听了十分感动，说："如果再做人，当再做顾家的儿子。"过了一天，这个魂被带到一个地方再次出生，睁眼一看，正是顾家（事见段成式《酉阳杂俎》）。

崔护是贞元十二年进士，当过岭南节度使。但他的名字如果没有“人面桃花”的故事，恐怕就不会这么广为人知了。说美少年崔护清明时节郊游，向一家人家讨水喝，遇到一位美丽少女，两人眉目传情。到第二年清明，崔护忍不住又去，却见门墙如故，门却锁着，崔护就在门上题了一首诗：“去年今日此门中，人面桃花相映红。人面不知何处去，桃花依旧笑春风。”过了几天再去，那个少女的父亲说：“你杀了我女儿！”原来那位少女自从去年清明后，常常若有所失，前几天出门，回家读到门上的诗，就病了，绝食数日而亡。崔护请求进去一见，少女还躺在床上，崔护抱住她的头，大哭着说：“我在这里！我在这里！”少女居然睁开眼睛，缓缓复活了。她父亲大喜，就将女儿嫁给了崔护。这个故事后来被一再改编成了戏剧，至今还可以听到清俊小生在台上一次次自称“博陵崔护”。

有的诗人是“诗多故事也多”，或者说“诗奇故事也奇”的。比如李白、白居易、元稹，还有杜牧。杜牧是晚唐最重要的诗人之一，与李商隐齐名，合称“小李杜”。他是个真正的风流才子，在扬州牛僧孺幕府任书记时，常常流连青楼，饮酒狎妓，他“豆蔻梢头二月初”“多情却似总无情”等名句都是写给青楼之中的红粉知己的。难得牛僧孺是个爱才的上司，知道他的习性，就派了人暗中保护他。直到他升任别处时，牛设宴饯行，才说：你很有才华，如果能好好检点行为，必定能一帆风顺。杜牧还掩饰辩解，于是牛笑着让随从拿来一个小箱子，里面都是杜牧进出青楼的时间，以及“平安无事”的记录。杜牧感愧交加，泣下拜谢。后来忆起那段生活，他写下了“十年一觉扬州梦，赢得青楼薄幸名”这样况味复杂的诗句。

也有的诗人，诗少故事也少，比如王之涣。他的诗流传下来的不过《登鹳雀楼》《凉州词》等六七首绝句，故事不过一则“旗亭画壁”，但其诗是唐人绝句中的瑰宝，其人也那么有性情。这样的诗人，多么值得一做！

终究，故事是不重要的。有些诗，不知道背后的故事更能单纯地感动，知道了反而煞风景。更主要的是：如果诗篇本身已经够吸引人了，何曾像时下的烂电影那样需要五颜六色的花絮和绯闻。

作为男人来写诗

若论唐代的悼亡诗，恐怕要首推元稹的《遣悲怀三首》：

谢公最小偏怜女，自嫁黔娄百事乖。顾我无衣搜荩箧，泥他沽酒拔金钗。野蔬充膳甘长藿，落叶添薪仰古槐。今日俸钱过十万，与君营奠复营斋。

昔日戏言身后意，今朝都到眼前来。衣裳已施行看尽，针线犹存未忍开。尚想旧情怜婢仆，也曾因梦送钱财。诚知此恨人人有，贫贱夫妻百事哀。

闲坐悲君亦自悲，百年都是几多时！邓攸无子寻知命，潘岳悼亡犹费词。同穴窅冥何所望？他生缘会更难期！惟将终夜长开眼，报答平生未展眉。

每一行都是泪水和悲叹，每一首的末句都特别痛，痛得那么深那么切，痛断了无数人的肝肠，我也曾经抛卷长叹，泪盈于睫。

多年之后，我突然发现，《遣悲怀》的第一句，这里面埋藏了一个男人的秘密。“谢公最小偏怜女”，元稹在这里明白无疑地暴露了他的择偶标准，就是首先要出身名门。他没有说两个人如何结缘，韦丛几岁嫁给他，她是何等容貌，而是劈头点出了她的高贵门第和不凡身份。韦丛是当时太子少保韦夏卿的幼女——“谢公最小偏怜女”就是元稹将岳父比作东晋谢安，将妻子比作谢家的才女谢道韫。如果想到貌美而多情但被他抛弃的“崔莺莺”，则让人不免有了另一番沉痛。

文学史上元稹和白居易并称“元白”，也有一些文学主张，但作为一个人来看，元稹的生平和品行，却经不起推敲。

在娶韦丛之前，早年的他谈过一场“著名的”恋爱。爱情不一定都能有结果，本来那也没有什么，但如果他不说，那场恋爱不会著名，别人甚至都不会知道。但是他自己“八卦”自己，写了一篇《会真记》（就是后来的《西厢记》的故事梗概），还附了《会真诗三十韵》，当时就很轰动，也都知道“张生”就是他自己。他抛弃“莺莺”本有一点不得已的“苦衷”：他出身卑微，在唐代那个门阀制度森严的时代，他如果想出人头地，就不能娶同样出身低微的人。元稹离开了“莺莺”，找了出身名门望族的韦丛来缔结“好风凭借力，送我上青云”的“良缘”，说明他头脑很清醒，他不忠实于爱情，但很忠实于自己的野心：纯恋爱时可以遇艳情迷，但谈婚论嫁一定要攀上名门。

一般人这样做了，终归有点负疚，特别是考虑到“莺莺”的名誉和感情，应该三缄其口，即使上了年纪回忆，也应该是无限追悔、深深自责。元稹可没有，他毫无忏悔和歉疚，而是沾沾自喜津津乐道。这还可以归于“暴露癖”之类的毛病，但是他的可耻还进一步，他将一盆污水泼到曾经的恋人身上，说这种女人是“妖孽”，“不妖其身，必妖于人”。却原来，他不是始乱终弃的负心人，而是大义凛然、“善于补过”的智者。这种行径，简直无法用语言来评价，北方口语所谓“找抽”“欠扁”者，此之谓也。

这样的人，想想其实是配不上韦丛的。韦丛温柔贤良，虽出身名门而丝毫不慕虚荣，而且安贫耐劳，嫁给尚未富贵的小官元稹后，对丈夫也很体贴。这位可敬而可怜的女子，婚后七年里，生了五个孩子，只养活了一个女儿，然后就耗尽一切死了，才二十七岁。韦丛的纯洁高贵足以洗刷元稹的所有过去，简直可以说，是她再造了元稹。是她的无私唤醒了元稹作为一个男人真正的情爱，是她用毫无保留的付出激起了一个诗人心底的波澜，于是才有了《遣悲怀》这样的杰作。我不禁想起西安事变之后，宋庆龄评价宋美龄和蒋介石关系的一句话：“一开始是没有爱情的，现在有爱情了。”

但是这样感人至深的爱情也仅仅在纸上坚贞不移。陈寅恪先生早就指出：所谓终夜常开眼，是用了鳏鱼的典故（鳏鱼不合眼，老而无妻曰鳏），就是发誓终身不再娶的意思，其后娶续配裴淑，已经违背了誓言，这还可以不论，但是裴氏未进门之前，他已经纳了妾安氏。陈先生几乎有点“失控”地重复感叹道：也就是说韦氏死后不到两年，元稹已经纳妾了！（见《元白诗笺证稿》）

拿诗和他的生活一对照，就会很清楚：这是个什么样的男人。

李商隐一生的爱情故事，无疑更是丰富的。但是在他笔下，我们只看到了爱情，或浓烈或轻柔，但总是朦胧、始终神秘的爱情。那些让他心动神摇、苦苦相思的女主人公，在他笔下全都像云中的月亮、雾中的莲花，影影绰绰，怎么也分辨不清身姿和面容。虽然这很可能是出于不得已的难处，有不能明言的苦衷，但也可能是一个在人格上成熟、对感情更加珍视的男子汉的选择。隐去了恋爱的情节，隐去了心上人的轮廓和提示的线索，这是对爱情（尤其是不能实现的爱情）最大的尊重和最好的保护。

一向极爱李商隐的诗，从没想过将元稹作为诗人来和他相比，现在进而发现，将作品和私生活两相对照，作为男人，李商隐和元稹的差别也是判若云泥。

一个是作为男人来写诗，一个是像作诗一样地当男人，后者听上去很浪漫，不过那绝对是自我中心、不负责任、为所欲为的借口，稍一不慎就从风流落到了下流。不论什么时代，还是前者更让人尊敬吧。

从头便是断肠声

很多诗，是由寻常、平静的开头，渐渐掀起感情的波澜，经过铺垫或者几曲几折，然后抵达动人愁肠、催人泪下的高潮。而有的诗，却是一上来就感情饱满、直抵人心，甚至奏出了整首诗的最强音。这样的诗，可谓“从头便是断肠声”（白居易）。

“寂寂竟何待”，是孟浩然《留别王维》的第一句。孟浩然四十岁到京师考进士不第，在长安淹留了一段时间，终于失望归去。失意的心情已经积郁了很久，所以一旦抒发几乎是冲口而出——我这样孤孤单单地究竟在等待什么？苦涩辛酸，加上对世态炎凉的悲愤，使得这首诗一开篇就是一声仰天长吁。

“杨花落尽子规啼”，是李白《闻王昌龄左迁龙标遥有此寄》的开头。表面上是季节景物，其实杨花飘飞将尽，杜鹃声声啼血般哀鸣，既暗喻友人漂泊难料的命运，又透露自己的伤痛之情、怜惜之意。七字无一字不寻常，而含义自丰，余味自无穷。

沉郁苍凉的杜甫，开头惯作断肠之声。名作《春望》的第一句是“国破山河在”。当时正值安史之乱，叛军攻破潼关，长安陷落，所以说“国破”，但接下来不是写意料之中的断壁颓垣、血流千里，而说山河还在，其实也就是说除了不能被破坏的“山河”已经被毁坏践踏尽了，语义更加悲痛，差不多是“能烧的都烧了，就剩下石头了”的意思。下一句是“城春草木深”，而前人早就指出：“山河在，明无余物矣；草木深，明无人烟矣。”（司马光《温公续诗话》）所以这一句是写城池之荒废，春来只有草木茂盛，却无人烟。“风急天高猿啸哀”是被誉为“古今七言律第一”的《登高》的开头。写这首诗时，杜甫已经年老，国恨家愁未解，加上重病缠身，重九登高，秋风万里扑面而来，秋气透骨，高远的天空倍添孤独伤感，猿声哀切更让人悲凉。一句里写出了季节、风景、心情，浓浓地蕴含着时代和人生的双重失落，以及一个心怀天下的人老来萧索的情怀，真是苍凉无边。“支离东北风尘际”是《咏怀古迹五首之一》的开头，写的是诗人在兵乱之中，逃难、陷贼、为官，辗转鄜州、长安、凤翔、华州等地的流离漂泊。身处乱世的“诗圣”，不要说舒展抱负，连家乡都不能回，连生存都没有保障，“支离”“风尘”四字，真是不见墨色，全是血痕泪痕。

李商隐的许多诗都是《无题》，其中最著名的当数“相见时难别亦难，东风无力百花残。春蚕到死丝方尽，蜡炬成灰泪始干。晓镜但愁云鬓改，夜吟应觉月光寒。蓬山此去无多路，青鸟殷勤为探看。”这首诗的第一句就是柔肠寸断之语。本来古人多认为别易见难，李商隐“否定”了这种看法，相见很难，分别时也难，尤其是预感到从此相见无缘，分别时就更加依依不舍、凄恻缠绵。这样的断肠语，写一往情深，自然更传神入微。

“故国三千里，深宫二十年。一声何满子，双泪落君前。”这是张祜的《宫词》。将宫人的哀怨写得简约洗练、极富感染力：回不去的故乡远在三千里之外，深宫之内一关就是二十年，唱上一曲伤心的何满子，两行眼泪落在你面前。凄凉的处境，无助的命运，无限的哀怨直欲涨破这二十个汉字。而开头的五个字奠定了全诗的基调和感情色彩。

何满子是什么？既是曲名也是人名。开元中，沧州有歌者何满子，临刑时献上歌舞曲《何满子》希望能赎死，皇上没有答应，于是《何满子》这首曲子从诞生起就带着强烈的悲剧色彩。白居易《何满子》写道：“世传满子是人名，临就刑时曲始成。一曲四词歌八叠，从头便是断肠声。”

许多诗人，其实都和何满子有相似之处。都是才华横溢而身世不幸的歌者，都满怀伤痛积郁，甚至感到无奈无望。当他们抑制不住将痛楚的内心袒露出来，“从头便是断肠声”的诗篇就灼热地流进了人心里、烙在了历史上。

无奈闺中万里愁

战争虽然和闺门相距甚远，往往在千里之外，但男性在战场上做出惨烈牺牲的同时，闺中的女性也承受着战争带来的伤害。别离带来的孤单、无依、哀愁、思念、担忧、恐惧、怨恨和痛楚，像重担之于纤弱的肩膀一样，如果“频年不解兵”（常年战事不断）的话，更让女性细致而丰富的内心难承其痛，不胜其苦。

“……可怜闺里月，长在汉家营。少妇今春意，良人昨夜情。……”（沈佺期《杂诗三首 其三》）征人和思妇共对一轮明月，年复一年的春天，一个又一个良宵，只是带来无限的伤怀，相思无尽却相聚无期。沈佺期还有一首相同主题的《独不见》，里面的少妇因为丈夫出征十年不归，对月亮发出了“谁为含愁独不见，更教明月照流黄”的怨叹。

“雁尽书难寄，愁多梦不成。愿随孤月影，流照伏波营。”（沈如筠《闺怨》）后两句格调与张若虚的“此时相望不相闻，愿逐月华流照君”相似，此诗深婉清雅，韵味无穷。“伏波”用的是马援的典故，马援是后汉的伏波将军，唐诗中有以汉代唐的惯例（前面的“汉家营”亦如此），所以“伏波营”指代诗中男主人公所在的军营。

相思是不分季节生长的。“袅袅城边柳，青青陌上桑。提笼忘采叶，昨夜梦渔阳。”（张仲素《春闺思》）春光里，这位提笼女子忘记采桑叶，陷入沉思，在想什么呢？“渔阳”是唐时征戍之地，原来她昨夜梦见了自己出征的丈夫，到了白天还不能摆脱对梦境的揣摩和惆怅。到了秋天又如何？“寒月沉沉洞房静，真珠帘外梧桐影。秋霜欲下手先知，灯底裁缝剪刀冷。”（白居易《寒闺怨》）“秋霜欲下，玉手先知。暮秋深夜，赶制寒衣，是这位闺中少妇要寄给远方的征夫的。天寒岁暮，征夫不归，冬衣未成，秋霜欲下，想到亲人不但难归，而且还要受冻，岂能无怨？于是，剪刀上的寒冷，不但传到了她手上，而且也传到她心上了。”（沈祖棻语，见《唐诗鉴赏辞典》）

说到征衣，这是思妇和征人之间重要的一个纽带。“秋逼暗虫通夕响，征衣未寄莫飞霜。”（张仲素《秋夜曲》）“欲寄征衣问消息，居延城外又移军。”（张仲素《秋闺思二首之二》）李白的《子夜吴歌》也有征衣的影子——“长安一片月，万户捣衣声。秋风吹不尽，总是玉关情。何日平胡虏，良人罢远征？”（《秋歌》）“明朝驿使发，一夜絮

征袍。素手抽针冷，那堪把剪刀。裁缝寄远道，几日到临洮？”（《冬歌》）

秋天准备制作征衣，将布放在砧上用杵捣平捣软，是为捣衣。到了冬天就进入赶制棉袍阶段。为何要赶？因为唯恐丈夫受冷受冻。这般心情，由女子的视角写来就更加一往情深：“夫戍边关妾在吴，西风吹妾妾忧夫。一行书信千行泪，寒到君边衣到无？”（陈玉兰《寄夫》）

远在营中的征人，是否体会闺中的深情呢？“烽火城西百尺楼，黄昏独坐海风秋。更吹羌笛关山月，无那金闺万里愁。”（王昌龄《从军行七首》其一）青海烽火城以西的瞭望台上，荒凉的原野，暮色降临，秋风漫漫，怎不让人满怀苍凉？再吹起（或远处传来）哀怨的笛声，让人思乡之情无法控制，而我此刻思念的人，她在闺中对万里之外的我的思念也是无法消除啊。——不说自己何等思念，而写对方无奈相思万里愁（“无那”即“无奈”），是诗家曲笔，也更见相知之深，相思之苦。这不是“妾心正断绝，君怀那得知？”（郭震《子夜四时歌 春歌》）而是“当君怀归日，是妾断肠时”（李白《春思》）的交相呼应、万里共振。

人之常情，一旦写得真挚而且深切，就格外征服人心。《唐才子传》记载，诗人王涯爱妻情深，虽然身居高官而不纳妾不蓄妓。这样的感情自然给诗注入了生命：

当年只自守空帷，梦里关山觉别离。不见乡书传雁足，唯看新月吐蛾眉。

厌攀杨柳临清阁，闲采芙蕖傍碧潭。走马台边人不见，拂云堆畔战初酣。

——《秋思赠远二首》

自从离别后，他心甘情愿独守空帷，只在梦中和妻子相见，醒来更为别离而伤感。千山万水家书难得，新月让他想起妻子的眉毛，杨柳触动离情，芙蓉让他忆起她的面容，相思无法回避，又念及战事正酣，应以国事为重，努力从感情缠绕中解脱出来，并且对妻子婉转表达了一种歉意。儿女情与英雄气并存，让人觉得这位唐代的模范丈夫的心灵特别健康和丰富。

这样的分离和相思有两种结果。一种是“金章紫绶千余骑，夫婿朝回初拜侯”（王昌龄《青楼曲》），凯旋受到封赏，夫妻团聚。另一种是“可怜无定河边骨，犹是春闺梦里人”。一霎相聚只能在梦里，现实中已经是阴阳永隔。哪一种可能性大呢？“一将功成万骨枯”，结论是不言而喻的。

即使是在纸上，战争都是那么残酷，那么与人性为敌。

渡海去日本

散步的时候，看见一棵樱花正盛，想起去年这时，我和妹妹的日本赏樱之旅。一路追随着“樱花前锋”，满眼轻灵花云，确实让人感到生之喜悦以及美之值得追寻又难以挽留。妹妹拍了许多讲究构图和光线的照片，而我似乎只相信留在记忆里的画面。回来的飞机上，妹妹兴致勃勃地说还要去，而且这次饱看了樱花，下次可以选秋天去，看看京都的红叶。

现在去日本，真是简单又容易了。而在李白和王维的时代，日本是那样遥不可及，渡过大海又是那样危险重重、生死难料。

所以王维在送朋友渡海去日本时，忧心忡忡，生离有如死别，笔下充满了恐怖的想象：“积水不可极，安知沧海东。九州何处远，万里若乘空。向国唯看日，归帆但信风。鳌身映天黑，鱼眼射波红。乡树扶桑外，主人孤岛中。别离方异域，音信若为通。”（《送秘书晁监还日本国》）如此迷惘恐惧的心绪、如此怪异奇诡的意象，在王维的诗中都是极少见的，可以说，好友要回日本，面对渡海这么大的危险，这件事给大诗人带来的心理刺激（不安和担忧）是第一位的，从此分在异域的惜别之情只能算第二位，至于最后无法通音讯的感叹，与其说是真实的惆怅，不如说是婉转的祝愿——祝愿朋友能克服艰险，平安回到他的祖国。假装为日后的不通音讯而感叹，来掩盖生怕对方不能平安回到日本的担忧。古人很在意一语成谶，写诗也避免诗谶，所以绝对不能道出那样不祥的担忧。

这位日本朋友是晁衡，原名阿倍仲麻吕，唐玄宗开元五年随日本遣唐使来中国留学，学成后就留了下来，改姓名为晁衡，在玄宗、肃宗、代宗三朝为官，任秘书监，兼卫尉卿等职。他和李白、王维等诗人都是好友。天宝十二年（753），他以唐朝使者身份，随日本第十一次遣唐使团返回日本，这时玄宗和王维等君臣都写诗赠别，后来途中遇到大风，下落不明。传说他遇难了，李白得知十分悲伤，写下了《哭晁衡卿》："日本晁卿辞帝都，征帆一片绕蓬壶。明月不归沉碧海，白云愁色满苍梧。"

事实上，晁衡大难不死，漂流到了安南（今越南境内）。登陆后又遭当地土著人袭击，全船只有阿倍仲麻吕和遣唐大使藤原清河等十余人幸免于难。后来辗转跋涉，终于在755年6月再度返回长安。似乎是天意要他留在中国，他继续在唐朝为官，直到大历五年在长安去世。

王维的满腹忧惧，李白对晁衡死讯的深信不疑，都说明以当时的技术水平和航海条件（“惟看日”“但信风”充满了听天由命的无力感），要渡过大海是用生命作赌注的大冒险。想起日本浮士绘中常见的大海图案，往往是惊涛骇浪、巨浪滔天，充满了神秘、阴森、肃杀的暗示，流露的也是对于大海的敬畏吧。

唐代诗人送人去日本的诗还有一些，其中林宽《送人归日本》也是佳作：“沧溟西畔望，一望一心摧！地即同正朔，天教阻往来。波翻夜作电，鲸吼昼可雷。门外人参径，到时花几开？”感叹和想象都惊心动魄，结尾却骤然舒缓，荡开一笔，别有韵味。

面对刚健明朗、血气旺盛、文明领先的唐代，现代中国人实在找不到什么文化上、心理上的优势。只有在读了他们写去日本的诗后，想想今天日本已可如此轻松到达，似乎第一次找到了优势。

不过，乘飞机好像胜之不武，下一次再去日本，应该选择乘“鉴真轮”，在辽阔的海面上高声诵读一下“鳌身映天黑，鱼眼射波红”“地即同正朔，天教阻往来”，再看看巨轮破浪而行，也许能真切体会一下好不容易获得的优越感？

但也许，蓦然想起唐代人在中日交流史上镌刻的不朽荣耀，巨浪一般兜头而来的，是作为后人的大惭愧也未可知。

美人、玉人及其他

起初没有太留意岑参的《春梦》，记住它是在凌力写的历史小说《少年天子》中：“洞房昨夜春风起，遥忆美人湘江水。枕上片时春梦中，行尽江南数千里。”顺治皇帝以之题赠他的恋人——当时还是他的弟媳、后来成了他的爱妃的乌云珠。用唐人的相思之词来抒发清代少年天子的热恋，还透露出两个人的相爱是有文化基础的（汉文化的素养），应该说，这个情节设置得不错。

小说中的乌云珠是真正的“美人”，这就让人忽视了一个问题，古诗中的“美人”，其性别不一定是女子。专家说得很明晰：“在古代汉语中，美人这个词，含义比现代汉语宽泛。它既指男人，又指女人，既指容色美丽的人，又指品德美好的人。”（沈祖棻语）具体到《春梦》这首诗中的“美人”，沈祖棻先生指出：“大概是指离别的爱侣，但是男是女，就无从坐实了。因为诗人既可以写自己之梦，那么，这位美人就是女性。也可以代某一女子写梦，那么，这位美人就是男性了。”（均见《唐诗鉴赏辞典》）如果加上比较小众的性取向，则男子做梦，“美人”也未必是美女，女子做梦，“美人”也未必是美男，那么情况就更加复杂。

这对今天的观念真是一个颠覆：“美人”不一定是女子，而且指男人时还不一定是指玉树临风、容貌俊美的美男子，还可能是指一位品德美好、和美貌全不沾边的垂垂老者。

既然这样，那些写到“美人”如何如何的诗，就不一定是唐朝恋曲了。比如刘禹锡的《柳枝词》：“清江一曲柳千条，二十年前旧板桥。曾与美人桥上别，恨无消息到今朝。”专家认为这写的是“故地重游，怀念故人”（周啸天语），也就是说：这位被思念的“美人”，很可能是男人。当然，如果坚持认为是思念一名女子，那也无不可。但总之在唐人心目中，美人似乎没有和女子画上过等号。

这样一来，就很容易想通：李白写孟浩然的“红颜弃轩冕，白首卧松云”中的“红颜”当然就是指孟浩然年轻的时候，与任何女性无关，也基本不包含对孟夫子相貌的赞美。

那么，“玉人”一定是女子吗？“青山隐隐水迢迢，秋尽江南草未凋。二十四桥明月夜，玉人何处教吹箫。”（杜牧《寄扬州韩绰判官》）这里的“玉人”给理解制造了小小的麻烦，一种可能指的是白皙、娇媚的女子（就是杜牧想象中朋友与之深夜厮混的女子），这是大多数人的第一反应。另一种理解则是指韩绰本人，是杜牧对朋友赞美的说法。部分专家认为，这里的“玉人”也不是女子——“‘玉人’，既可借以形容美丽洁白的女子，又可比喻风流俊美的才郎。从寄赠诗的做法及末句中的‘教’字看，此处玉人当指韩绰。元稹《莺莺传》‘疑是玉人来’句可证晚唐有以玉人喻才子的用法。”（葛晓音语，见《唐诗鉴赏辞典》）

之所以如此，可能和魏晋以来对男人容貌和仪表风度的重视分不开。“美”字不用说，“玉”字之所以被选择，因为传统文化中，玉是美好的化身，常说男子“面如冠玉”“玉树临风”，顾况的《公子行》第一句就这样写公子哥儿的外表：“轻薄儿，面如玉。”而且“君子比德于玉”，用“玉”赞美外貌的同时往往蕴含了对其格调、人品的肯定。

确实，如果男子长得俊美、风度翩翩，甚至还加上人品高贵或者才华出众，美人、玉人这些指称，有什么理由让女性独占？总之，读诗遇到“美人”“玉人”要多个心眼，是赞美，但是所赞的性别待定。

张九龄的《望月怀远》端的是好诗：“海上生明月，天涯共此时。情人怨遥夜，竟夕起相思。灭烛怜光满，披衣觉露滋。不堪盈手赠，还寝梦佳期。”这里的“情人”也不是指恋爱双方或者其中一方，而是“多情的人”，或者作“心中含情之人”也可，总之这首诗也未必是思念恋人的，更可能是思念故人的。

还在另一首诗里发现了类似的用法，在那个关于三生石的传说里，圆泽和尚投胎的牧童对依约而来的前世故人李源拍着牛角唱的：“三生石上旧精魂，赏月吟风莫要论。惭愧情人远相访，此身虽异性长存。”这首诗最早看到的是“情人”，后来却都改作“故人”，恐怕多少和对“情人”的不理解有关吧，好像还看到有作家据此议论过诗中的两个人有分桃、断袖之癖，恐怕也是望文生义、想多了吧。如果明确“情人”意思是多情重义的故人，可能就诗也单纯人也单纯了。

可是，不久前，我在扬州当面请教了一位古典文学专家，他认为“玉人何处教吹箫”的“玉人”还是指美丽的女子。在烟花三月的扬州，这个颇有意境的“唐诗现场”，我突然想：也许，就让男性和女性各自在心目中勾勒出不同性别的“玉人”，才是对“玉人”最真切的理解和珍惜吧。

怜君何事到天涯

欧阳修曾说："君子之学，或施之事业，或见于文章，而常患于难兼也。……如唐之刘（禹锡）柳（宗元），无称于事业，而姚（崇）、宋（璟）不见于文章。彼四人者，独不能两得，况其下者乎？"（《薛简肃公文集序》）指出了有才学、品行的人，往往不能同时在政治上和文学上施展才能。

确实如此。但我觉得与其将这个现象归于"能量守恒定律"一类的规律，不如看作更明确的因果关系：这些"君子"，往往就是因为政治上失去了施展才华的可能，甚至遭到无情打击、排挤，"事业"上毫无前途可言了，诗人的才学才被迫转向，在文学上绽放光华。"国家不幸诗家幸"，也可以说，诗人不幸文学幸，他们迁谪、流放的苦难命运，给他们的思想、内容、诗风带来巨大变化，给诗坛带来了杜鹃啼血一般的感人作品。

早在七绝初创的初唐，以工整合度、自然浑成、气度高逸而开诗坛风气之先的杜审言，他的名作《渡湘江》

就是一首流放者的诗："迟日园林悲昔游，今春花鸟作边愁。独怜京国人南窜，不似湘江水北流。"在春光中自然而然地回忆往昔而伤感，感叹自己从京城独自被贬到荒凉的南地，不能像湘江水那样，日夜奔腾向北方流去。初读似乎浅近，细品滋味无穷。明人胡应麟评价它为"风味可掬"，赞美了它的表现力。

官至宰相、封许国公的苏颋，也有一首《将赴益州题小园壁》："岁穷唯益老，春至却辞家；可惜东园树，无人也作花。"无罪被贬、年老离家，抑郁愤恨烦闷都不言及，却说：春天已经来了，我喜欢的东园里的花木，不管有没有主人在，到时候都会依旧开花的。以想象中的春深花开的明媚景色反衬人远在他乡的困苦生涯，更觉离别的不堪和人生的凄凉。诗人严守士大夫的风度，着墨克制，没有一字牢骚，却让人感受到不曾言明也无须言明的胸中波澜，极为感人。

后来更有刘长卿的《重送裴郎中贬吉州》："猿啼客散暮江头，人自伤心水自流。同作逐臣君更远，青山万里一孤舟。"景哀声哀情更哀，"同作逐臣君更远"一句写出了自己和朋友共同的命运，彼此的同情以及苦难不能磨灭的友情。"同是天涯沦落人"，离情依依，无限怅惘。

刘禹锡的《再授连州至衡阳酬柳柳州赠别》也是写给同遭贬谪的好友的："去国十年同赴召，渡湘千里又分歧。重临事异黄丞相，三黜名惭柳士师。归目并随回雁尽，愁肠正遇断猿时。桂江东过连山下，相望长吟有所思。”刘禹锡和柳宗元是真正志同道合的朋友，“相望”二字，设想别后情景，既写了自己对柳的思念，也写了柳对自己必定会有的牵挂，和杜甫的春树暮云句有异曲同工之妙，都是一句写了双向的思念，同时写出了无情的距离不能隔绝的深厚友情。此诗“词尽篇中，而意余言外，既深稳又绵渺，不愧大家笔墨”（周笃文语，见《唐诗鉴赏辞典》）。

到了晚唐，又一位被断送了“事业”的君子不得不将才学“见于文章”，写出了名篇，他就是李德裕。他是杰出的政治家，武宗李炎朝当了六年的宰相，颇有作为。宣宗李忱继位之后，政局发生变化，权臣当道，李德裕成为他们打击、陷害的主要对象，几经贬放之后，终于将他逐至海南，贬为崖州司户参军。为此李德裕写下了令人读之难忘的诗句：“岭水争分路转迷，桄榔椰叶暗蛮溪。愁冲毒雾逢蛇草，畏落沙虫避燕泥。五月畲田收火米，三更津吏报潮鸡。不堪肠断思乡处，红槿花中越鸟啼。”（《谪岭南道中作》）“独上高楼望帝京，鸟飞犹是半年程。青山似欲留人住，百匝千遭绕郡城。”（《登崖州城作》）前一首，诗人仿佛陷入了一个梦境，平生未见、奇特迷离的风光，提心吊胆的旅途，一切都显得那么不真实，结果清醒过来，却不是梦，而是残酷的现实：自己真的到了这样远离故乡、风土迥异的远荒之地！后一首，这种恍惚和哀痛似乎过去了，命运已经陷入谷底，反而平静下来，明明是人处于群山包围之中、断无生还之望，不但不发泄内心绝望、痛恨，反而将山说得很是多情，“欲留人”，沉静平和之中深藏着最深切的悲凉。

读这些诗，一再涌上心头的感触，让人想起刘长卿催人泪下的名作《长沙过贾谊宅》：“三年谪宦此栖迟，万古惟留楚客悲。秋草独寻人去后，寒林空见日斜时。汉文有道恩犹薄，湘水无情吊岂知？寂寂江山摇落处，怜君何事到天涯！”

千古犹问：怜君何事到天涯？异代同叹：怜君何事到天涯！屈原不知道上百年后贾谊会来到湘水边吊念自己，西汉的贾谊也不会知道九百多年后有一个刘长卿会来凭吊自己的故居，而唐代的遭受不公正对待的诗人们，又怎么会知道后世的我们对他们不幸命运的同情、怜惜和扼腕长叹？

虽然厄运和才华相撞，击出了夺目的火花，但代价委实太大了，不仅是君子们的代价，也是民族的代价、文化的代价。谁能说清楚，我们究竟付出了何等巨大而不可弥补的代价，换来了这些感人的诗？也许，这才是真正让人泪下的地方。

韩柳的柳　刘柳的柳

说到唐代抒发贬谪、流放之情的诗，有一个名字不可不提：柳宗元。他是一位政治家，更以杰出的文学成就为后人敬重，但在我心目中，他更是一位值得同情的天涯愁客。

因为他的那首《登柳州城楼寄漳汀封连四州》："城上高楼接大荒，海天愁思正茫茫。惊风乱飐芙蓉水，密雨斜侵薜荔墙。岭树重遮千里目，江流曲似九回肠。共来百粤文身地，犹自音书滞一乡！"情思浩渺，沉郁顿挫，工整严谨，余味悠长，在我看来堪称同类诗作中的翘楚。

这首诗大致可以译作：登上城楼我的视线通向遥远的南荒，愁思无边无际像这大海和苍天一样。突起的狂风乱吹着荷花覆盖的池水，密集的骤雨斜侵着薜荔爬满的古墙。岭树重重叠叠遮断了我千里的视线，江流曲曲弯弯好比我九折的回肠。我们一同被斥逐到南荒的文身

之地，至今仍然是音信难通各在天的一方。（见羊春秋《唐诗精华评译》284 页）

柳宗元可不是一般的诗人、作家。他的散文与韩愈的散文一起成为唐代的冠冕，世称“韩柳”，诗也是大家，与刘禹锡齐名，称作“刘柳”，前人认为唐代最伟大的诗人“前有李、杜，后有韩、柳”，又有“发纤秾于简古，寄至味于淡泊”“外枯而中膏，似淡而实美”的定评。“永贞革新”的政治运动失败后，作为骨干之一（变革以王叔文、王伾为首，包括柳宗元、刘禹锡在内八位知名之士为骨干，史称“二王八司马”），他被贬为永州司马，后调柳州刺史。世称“柳柳州”或者“柳河东”。

被贬为永州司马期间，人格力量还支撑着他的内心。请看他的名作《江雪》：“千山鸟飞绝，万径人踪灭。孤舟蓑笠翁，独钓寒江雪。”四周的严寒和满目的肃杀，固然让人感到苦闷寂寞，但是多么孤高傲岸，凛然中透出些许超然。《中夜起望西园值月上》：“觉闻繁露坠，开户临西园。寒月上东岭，泠泠疏竹根。石泉远逾响，山鸟时一喧。倚楹遂至旦，寂寞将何言。”寂寞中犹见些许清宁，意境虽然清寂，还带有隐藏的生机和隐约的希望。

但除非是真正伟大而且具有大智慧的人（比如苏东坡），单独生命个体的支撑毕竟难以久持。到了柳州，那在惊风密雨中遭到摧残的芙蓉和爬墙藤蔓，就是柳宗元处境和心境的真实写照，屡受打击，流徙南荒，风土迥异，况且朋友四散，音书不通，他在柳州陷入了抑郁、愁苦。

他看到榕树落叶会感叹："宦情羁思共凄凄，春半如秋意转迷。山城过雨百花尽，榕叶满庭莺乱啼。"（《柳州榕叶落尽偶题》）好不容易有个朋友来看望，也不能暂时忘忧，一起看山也觉得"海畔尖山似剑铓，秋来处处割愁肠。若为化得身千亿，散向峰头望故乡"（《与浩初上人同看山寄京华亲故》）。送别弟弟时他当然更是诗肠寸断，悲叹"零落残魂（一作红）倍黯然，双垂别泪越江边。一身去国六千里，万死投荒十二年。……"（《别舍弟宗一》）

总是一片羁思郁郁，苦绪茫茫。原本精敏执著的性格，如此抑郁愁苦的心绪，怎能不耗尽自己，终于就死在柳州？

对韩柳二人之高下，存在不同看法，多数派意见是：柳高于韩——"柳尤高，韩尚非本色。"（宋范晞文《对床夜话》）"昔人论诗，谓'韩不如柳，苏不如黄'。"（明李东阳《麓堂诗话》）等等，可见柳宗元的地位。也有人指出韩愈对诗歌变革有卓越贡献，而且才气高于柳宗元——"柳柳州诗字字如珠玉，精则精矣，然不若退之（笔者注：韩愈字退之）之变态百出也。使退之收敛而为子厚（笔者注：柳宗元字子厚）则易，使子厚开拓而为退之则难。意味可学，而才气则不可强也。"（宋张戒《岁寒堂诗话》卷上）

至于刘柳的比较，让人更感兴趣的是他们结局的差别。因为刘比柳年长一岁，经历、思想、成就和后来遭遇极其相似，但是柳宗元四十七岁就卒于柳州任所，而刘禹锡最终被召回任太子宾客，年逾古稀（七十一岁）。之所以如此，若要一言以蔽之，就是“性格即命运”。按照学者的分析，则大致有几个原因：第一，刘性格开朗，遇挫折比较达观，能随遇而安，也敢于发泄；柳精敏绝伦，受贬谪后深感失落和抑郁，又不像刘禹锡那样敢说敢骂。第二，刘只是对政敌不妥协，在官场上却交游甚广，为人有圆通一面，淡化了孤寂和忧愤。第三，柳仍未放弃自己的政治抱负，用世和放逐的矛盾，勇于为他人尽心尽力，却无法实现，痛苦太多太深。加上物质条件不好，夫人早死，更是雪上加霜。“刘禹锡的作品，以意境动人，以清新吸引人，艺术上达到当时的最高层次；柳宗元的作品，以人格力量感人，以思想闪光照人，除了他自己谁也写不出。”（以上均见潘旭澜《小小的篝火》）

在文学的范畴里，说他们各有千秋、难分伯仲，这话不错，但是从为人处世来说，还是刘禹锡更令人击节。穷愁困苦的环境里，抑郁和纠结是烈性毒药、是迫害者的帮凶，只有乐观豁达者才能生存。人生在世，不如意十常八九，做人当学刘禹锡。

骨中的钙

有一次接受采访，被问及“在你心目中，鲁迅是什么?”我答:“鲁迅先生是水中的盐，骨中的钙，云中的光。”

这个评价，若是放在唐朝，诗人中有人配得上吗?我觉得:有，刘禹锡。

刘禹锡和柳宗元并称“刘柳”，他们就是“永贞革新”的骨干“八司马”中的两位，也因此同时、同步地被打压，反复而长期地贬谪。刘禹锡先被贬为朗州司马，后调连州、夔州、和州刺史。

和柳宗元的愁苦抑郁、内敛隐忍不同，他的性格爽朗倔强，不平则鸣，敢怒敢骂，从不低头从不绝望。他似乎有一种奇异的能力:能从逆境中获得反作用力般的能量，打压越厉害脊梁越挺直，环境越黑暗内心的光焰越亮，这样一个人，令人惊、令人叹、令人敬。

强者首先是一个正常人，逆境中当然会有愁绪。他在回答柳宗元的诗中写道："归目并随回雁尽，愁肠正遇断猿时。"（《再授连州知衡阳酬柳柳州赠别》）当然更会有对那些居心险恶的宵小之辈的愤恨——"长恨人心不如水，等闲平地起波澜。"（《竹枝词九首之七》）但是仅仅如此，他就不是刘禹锡了。

刘禹锡更强大更亮烈更宽阔更坚韧。对于政敌，他更多的是轻蔑、讥讽和嘲笑，被贬十年之后第一次被召回长安时，他毫不隐晦对敌人的鄙视和讥讽："紫陌红尘拂面来，无人不道看花回。玄都观里桃千树，尽是刘郎去后栽。"（《元和十年自朗州承召至京戏赠看花诸君子》）——满朝这些风光的新贵，不过都是把我排挤出去后才小人得志罢了。此诗一出，他和伙伴们立即遭到打击报复，再次遭贬，刘禹锡一贬就是十四年，其间经历了四朝皇帝，才被再次召回。

到这里，耳边不禁响起《红楼梦》中宝玉挨打后黛玉含泪的那声问："你可都改了罢？"这一问，其实是很纠结的，问的人自己也不知道究竟希望听到哪一种回答。不改吧，不知道还要吃多大苦头；改吧，委屈了人不说，高贵性情渐渐泯于众人，又是何等悲剧！刘禹锡如果为了保全自己就此"改了"也很正常，不过，我们这些唐诗的读者心底难免又不希望他如此"明智"。

刘禹锡用行动做了回答。十四年后，这个硬骨头活着回来了，一回来，马上又去了惹祸的玄都观，去就去了，还写诗吗？写！题目就叫《再游玄都观》。这回懂得含蓄，不惹是生非了？怎么可能！他不但在诗前加了小序原原本本记述了因诗惹祸的经过，而且嬉笑怒骂得更加轻蔑："百亩庭中半是苔，桃花净尽菜花开。种桃道士归何处？前度刘郎今又来。"——过去权倾一时的那些当权者，你们现在在哪里呢？曾被你们陷害迫害的刘禹锡又回来了。这首诗，一点都不咬牙切齿，这是真正的胜利者唇边的笑容，那般自信，那般高傲，举重若轻，漫不经心，因此特别耀眼。这样以生命和性情铸就、人格光彩熠熠生辉的诗，怎能不千古传诵？

然而这种高傲的代价是惊人的。他的贬谪生涯，一共竟然是二十三年。白居易也为他鸣不平："为我引杯添酒饮，与君把箸击盘歌。诗称国手徒为尔，命压人头不奈何。举眼风光长寂寞，满朝官职独蹉跎。亦知合被才名折，二十三年折太多。"（《醉赠刘二十八使君》）最后两句是说：也知道官运会被诗名、才气折损，但二十三年也实在折得太多了！对刘禹锡过人才华的极度赞美和未能施展抱负、受尽挫折的无限同情，尽在其中。

这样的理解和同情是让人温暖而伤感的，哪怕是对一个斗士。但是刘禹锡的襟怀是宽广的，他以一首千古绝唱来回答："巴山楚水凄凉地，二十三年弃置身。怀旧空吟闻笛赋，到乡翻似烂柯人。沉舟侧畔千帆过，病树前头万木春。今日听君歌一曲，暂凭杯酒长精神。”（《酬乐天扬州初逢席上见赠》）

都说此诗乐观，这里面其实是牢骚。一开头就重复了白居易提到的自己被弃置的时间：二十三年，在这漫长的年月里，诗人怀念一起受苦的朋友们，也只能枉自吟诵晋人听见笛声而怀念故友所写的《思旧赋》，回到家乡已经像那个入山砍柴遇仙人下棋，一局未终而斧柄已烂，回到家里才晓得已过百年的古人，俨然成了一个隔世的人。我和同道们像沉船一样，眼看着千帆竞发从身边过去，萧索的病树前头千木万树正在争春……

“沉舟侧畔千帆过，病树前头万木春”是千古名句，但是对它的理解却是见仁见智。就我所见，至少已经有三种解释。大致概括如下：一说是指虽然自己无所作为，但是仍充满希望，因为新旧更替，社会总在前进。二说，“沉舟”“病树”指自己，“千帆”“万木”指自己的战友，是感叹自己蹉跎之余对同道奋进表示欣慰，有勉励和自勉之意。三说，“沉舟”“病树”包括了自己和战友们，“千帆”“万木”指满朝新贵，诗句包含无限愤慨和嬉笑怒骂，只不过很含蓄。

根据诗人生平和当时局势，我倾向于相信：这是大牢骚，是嬉笑怒骂。只不过，两句完全诉诸形象，生动如画，画面本身充满生机，似乎蕴含一种哲理，所以常被后人有意无意“曲解”成“在困境中总有希望”“新事物必定战胜旧事物”等意。我想，如果诗人本意是牢骚，但是后人“拿来”自勉、勉人，有无不可？如果生性开朗豁达的刘禹锡知道了，也只会开怀大笑。

最后诗人说：今天听了你为我而歌的一曲，我们共饮几杯，忘却忧愁，还要好好振奋精神呢！将白居易的无奈郁闷一变为豁达明快，到这时对世事的变迁、人生的得失都已经看开，道义和品格的胜利击退了现实中的挫折和苦难。

不再是“彩云易散琉璃脆”，而是在云般高洁、琉璃般剔透的同时，长出了硬骨头，经风雨，抗击打。这样的强者，给诗人的称号、给民族的人文骨格添加了硬度。

俊朗英爽数小杜

对杜牧这位大才子的评价，一直是很公正的。为了有别于“李杜”，他和李商隐合称“小李杜”，想想李白杜甫在盛唐诗坛的地位，便清楚了杜牧和李商隐对晚唐诗坛意味着什么。“小李杜”“小杜”，亲昵有如爱称。还有比这更明确更浅显更易于流传的评价吗？没有了。

杜牧（803 ~ 852），唐代诗人。字牧之，京兆万年（今陕西西安）人。中唐有名的宰相和史学家杜佑的孙子。大和二年（828）中进士，授弘文馆校书郎。曾为江西观察使沈传师和淮南节度使牛僧孺等的幕僚，后任黄州、池州、睦州、湖州等地刺史，官终中书舍人。晚年居住在长安城南他祖父留下的樊川别墅中，因有“杜樊川”之号。

杜牧其人，可说是标准的风流才子。可是，我总觉得诗里的杜牧更加不同凡响、风神俊逸。他的许多诗作尤其是七绝，怎么赞美都不为过，只有朗朗诵出才对得起它们。杜牧的七绝，实在是唐诗中很应该背诵的一部分。

写景抒怀的有——《江南春》：“千里莺啼绿映红，水村山郭酒旗风。南朝四百八十寺，多少楼台烟雨中。”《山行》：“远上寒山石径斜，白云生处有人家。停车坐爱枫林晚，霜叶红于二月花。”《秋夕》：“银烛秋光冷画屏，轻罗小扇扑流萤。天街夜色凉如水，卧看牵牛织女星。”《清明》：“清明时节雨纷纷，路上行人欲断魂。借问酒家何处有，牧童遥指杏花村。”《泊秦淮》：“烟笼寒水月笼沙，夜泊秦淮近酒家。商女不知亡国恨，隔江犹唱后庭花。”《将赴吴兴登乐游原》：“清时有味是无能，闲爱孤云静爱僧。欲把一麾江海去，乐游原上望昭陵。”

咏史怀古的有——《赤壁》：“折戟沉沙铁未销，自将磨洗认前朝。东风不与周郎便，铜雀春深锁二乔。”《题乌江亭》：“胜败兵家事不期，包羞忍耻是男儿。江东子弟多才俊，卷土重来未可知。”《过华清宫》：“长安回望绣成堆，山顶千门次第开。一骑红尘妃子笑，无人知是荔枝来。”《金谷园》：“繁华事散逐香尘，流水无情草自春。日暮东风怨啼鸟，落花犹似坠楼人。”

杜牧的怀古诗令人激赏，首先因为他目光如炬、见识过人。他敢于做翻案文章，但不是为翻案而翻案，而是为了发表自己的见解，而且写来总是笔力峭健、气势豪迈。《赤壁》揭示历史进程中的偶然性，从反面（假设失败）来写赤壁之战的重要性，感叹其历史作用。《题乌江亭》则批评项羽不能忍辱负重，如果能面对失败坚忍不拔，则仍有可能卷土重来，言之成理，能给身处大小困境中的人带来启迪和鼓舞。

也许是因为他的见识确实不同流俗，所以也常被误解，还被骂得不轻。有人说他《题乌江亭》"好异而畔于理"，"项氏以八千人渡江，败亡之余，无一还者，其失人心为甚，谁肯复附之？其不能卷土重来，决矣。"（胡仔《苕溪渔隐丛话》）完全不顾创作贵在独辟蹊径的道理，拿一番旧道理来衡量一首见解奇、意趣也奇的诗，不但好生无趣，简直蛮横。也有人又拿《赤壁》做文章，将杜牧当白痴一样骂："……孙氏霸业，系此一战，社稷存亡、生灵涂炭都不问，只恐捉了二乔，可见措大不识好恶。"（宋许𫖮《彦周诗话》）这个骂得没道理，到了自曝其短、令人喷饭的地步。幸亏从来不缺明白人，《四库提要》就反驳："讥杜牧《赤壁》诗为不说社稷存亡，惟说二乔，不知大乔乃孙策妇，小乔为周瑜妇，二人入魏，则吴亡可知。此诗人不欲质言，故变其词尔。"用二乔幸免入魏，代替东吴侥幸成功、保住了江山社稷，免了生灵涂炭，这是诗人以小见大、以形象见沧桑的巧妙之处。在这里，两位绝代佳人衣袂翻卷起的，不是儿女情长一己悲欢，而是天下兴亡的大风云。

也有人认为此诗“十分含蓄地讽刺周瑜的胜利是十分偶然的事，隐喻‘时无英雄，遂使竖子成名’的慨叹”(羊春秋《唐诗精华评译》)，说实话，我没读出这个“潜台词”。不过杜牧胸怀大志，于政事、兵法都非常“识好恶”，凭胜吊古之时，若有恨不生逢其时，好一展身手，做一番惊天动地事业的弦外之音，倒是非常合情合理。

似这般才子风流

每当说“风流才子”这个词，我总会想到杜牧。

他确实够“才子”，也够“风流”。和他相比，小李（商隐）对感情要认真得多，而且也苦涩多了，所以是深情才子。相传杜牧在扬州牛僧孺身边任幕僚时，常常流连青楼，牛常暗中派人保护他。等到他升为御史要去赴任时，牛设宴饯行，劝他今后检点行止，必能一帆风顺。杜牧还嘴硬，说：“我一向很注意，没什么可以让您担忧的。”牛笑着让人搬来一口箱子，里面都是关于杜牧出入青楼的记载，杜牧大为吃惊，感愧交集，泣下拜谢。

辛文房《唐才子传·卷六》杜牧条这样记载：“牧美容姿，好歌舞，风情颇张，不能自遏。时淮南称繁盛，不减京华，且多名妓绝色，牧恣心赏，牛相收街吏报杜书记平安帖子至盈箧。”

和“香艳生活”有关的名作有《赠别二首》：“娉娉袅袅十三余，豆蔻梢头二月初。春风十里扬州路，卷上珠帘总不如。”“多情却似总无情，唯觉樽前笑不成。蜡烛有心还惜别，替人垂泪到天明。”这是他和一个歌女分别之时赠给对方的。第一首赞美对方正当妙龄，美貌足以压倒无数红粉佳人。第二首写惜别情状，千言万语无从说起，反成默然无言，明明是泪眼相对，却又强作笑颜，明明是两人都一夜无眠，却说蜡烛替人垂泪，直到天明。一腔离愁，万般深情，写得缠绵悱恻，感人肺腑。因为这份不能虚构的情真意切，令人倾向于相信：他和歌女的交往中，除了饮酒作乐、倚红偎翠，还是和内心感情有关的。

离开扬州之后呢?《唐才子传·卷六》杜牧条还记载了另一个故事:“后以御史分司洛阳，时李司徒闲居，家妓为当时第一，宴朝士，以牧风宪，不敢邀。牧因遣讽李使召己，既至，曰：‘闻有紫云者，妙歌舞，孰是?’即赠诗曰：‘华堂今日绮筵开，谁唤分司御史来。忽发狂言惊四座，两行红袖一时回。’意气闲逸，旁若无人，座客莫不称异。”另一个版本多一个细节，说他见了紫云后脱口说出:“果然名不虚传！不如将她送给我吧。”听了这样狂诞的话，李一时不知如何回答，李府所有家妓都一起注视他，忍不住笑了起来，他却若无其事地写了这首诗。

还有一个著名的“十年之约”的故事:“牧佐宣城

幕，游湖州。刺史崔君张水戏，使州人毕观，令牧闲行阅奇丽，得垂髫者十余岁。”杜牧一见这个小女孩，惊叹“真国色也”，于是留下聘礼，约定十年后必来湖州为官，那时来娶。如果过时不来，听凭自处。“后十四年，牧刺湖州，其人已嫁，生子矣。乃怅而为诗：自是寻春去较迟，不须惆怅怨芳时。狂风落尽深红色，绿叶成荫子满枝。”另一个版本更详细，说那个女子嫁人三年，生了两个孩子。

“才子”是如何看待自己的“风流”生涯呢？请看他著名的《遣怀》：“落魄江湖载酒行，楚腰纤细掌中轻。十年一觉扬州梦，赢得青楼薄幸名。”究竟是自得还是自惭？是追悔还是回味？还是兼而有之？也许连他自己都说不清。

他寄给扬州朋友的诗也特别有风流韵致：“青山隐隐水迢迢，秋尽江南草未凋。二十四桥明月夜，玉人何处教吹箫？”（《寄扬州韩绰判官》）斯时斯景斯人斯趣，与其说是想象不如说是追忆，若非惯于此道而且彼此深知，怎能发出这样既羡慕又调侃的一问？

但，能把这点意思写得如此清丽疏朗、如梦如仙、情思深曲、韵味无穷，只有杜牧了。

纯粹是一个风流才子么？应该不是。李商隐是这样看他的：“高楼风雨感斯文，短翼差池不及群。刻意伤春复伤别，人间唯有杜司勋。”（《杜司勋》）不但高度评价他的才华，而且指出他敏感于“高楼风雨”，“伤春”，其实是忧国伤时，“短翼差池”，就是空怀才略而沉于下僚，所以他那些伤春、伤别的作品都是“刻意”而作，别有寄托的。

才子的人生，也并不轻松，风流之外，终究还是——伤心人别有怀抱。

唯真男儿能多情

有一句话本不想说。说了好像对不起许多诗人，但是不说心里过不去，于是长叹一声，说了吧：整个唐朝，最爱李商隐。虽然，明明知道李白、杜甫的“光焰万丈长”是最耀眼的，也倾倒于王维难以企及的无尘境界，更有那么多大诗人的珠玉篇章让人击节再三：王之涣、王昌龄、高适、岑参、韦应物、韩愈、柳宗元、刘禹锡、白居易、杜牧……可是，心底里最爱的，终究只有一个。只要是一个人真正闲下来，或者被困在机场、会议室，烦闷无聊时，在纸上信手写下的，总是李商隐的诗。还不是他脍炙人口的《锦瑟》，也不是众多《无题》，那些喜欢的人太多了，似乎不能完全属于我，我最常写的是“怅卧新春白袷衣，白门寥落意多违……”或者“流莺飘荡复参差，渡陌临流不自持……”无数次重读之下，说“感动”已不恰当，应该说“神魂颠倒”更接近些。因为有时竟会不顾事实，觉得那些伤感和叹息，本出自我的肺腑，这位诗人如何得知，倒替人道出，还说得如此贴切？

李商隐（813～858，一说约811～约859），字义山，号玉谿生、樊南生，怀州河内（今河南沁阳）人，晚唐最杰出的抒情诗人。一生创作了大量诗歌，至今存世的有六百首。他是如此自信，总是以宋玉、司马相如来自比，他又是如此不走运，他素有“欲回天地”之志，但大唐已是黄昏末路，他以诗篇杜鹃啼血也不可能唤回春天，甚至根本对自己穷愁飘零的处境无济于事。

他与元稹之辈那样“唯目的论”者迥然不同，也不知道是对政治不敏感，还是一时感于盛情，反正像是丝毫不懂得婚姻是男人第二次的投胎，竟然在登进士后娶了恩师政敌的女儿。这注定了他在朋党纷争的时代受排挤、被压抑的一生。即便如此，他还是以过人的才华和强烈的感情，在诗中议论时事，借古讽今，更在诗中叹息不幸身世和孤独境遇。他的七言律诗，把这种形式推到了极致，对后世影响深远。他瑰丽飘缈的爱情诗，更是感动了一代又一代的读者，跨越了时间，成为了不朽。

感人的不仅仅是爱情本身。有专家说得极是：“它们的意义已不只是一般地讴歌爱情，有许多篇什已升华为对女性的赞美，对女性生活和命运的深切同情和关怀……表现了古代一个正直诗人和男子对女性的善待乃至爱护尊重，从而也显示了中华文明中与歧视压迫妇女完全不同的另一种传统。”（见董乃斌评注《李商隐诗·前言》）一直觉得李商隐是个值得敬重的好男人，如此说来，并不是没有缘由的。

李商隐的不幸，除了一生怀才不遇，还在于生前不被理解、身后也常常被误读。他曾被指责为“忘恩”“放利偷合”“诡薄无行”“文人薄幸”，其实是一位有情有义、俯仰无愧的读书人；后人心目中，他是一个耽于儿女情长、深情缠绵的“情种”，却不知他是一位磊落耿介的大丈夫。

李商隐生活在藩镇作乱、宦官专权、朋党倾轧的大动乱时代。早年得到天平军节度使令狐楚赏识，令与其子令狐绹等一起学习，并向他传授骈体文做法。后来由令狐绹力荐，登进士第，该年冬天，令狐楚死。次年，商隐入泾原节度使王茂元幕，不久娶其女。当时政坛牛（僧孺）李（德裕）两党争斗正酣，令狐属牛党，王茂元被视为李党，商隐的行为本非出于党派意识，但在令狐绹看来就是忘恩无行，令狐一党遂排斥他，令狐绹又长期执政，所以商隐一生备受压抑，以依人作幕、代草文书为业，最后任了一些闲职，不久就客死他乡。李商隐在政治上的第一次自觉选择，是在李德裕被贬死涯州，牛党得势、令狐绹为相的时候，跟着被贬的郑亚去了桂林，表明了远离牛党、同情李党的态度。友人刘蕡因纵论时政、指斥宦官而被贬逐终于冤死，商隐连作四首诗哭吊，“上帝深宫闭九阍，巫咸不下问衔冤”，“一叫千回首，天高不为闻”，以义正词严的抗议之声打破了文坛的沉寂。太和九年（835）的“甘露之变”，宦官仇士良等幽禁文宗、滥杀无辜，多数官僚士人噤若寒蝉，商隐却挺身而出，连作了《有感二首》《重有感》等诗，既严谴宦官，又痛责谋事不密的官员，还委婉批评了用人不当的文宗。这绝非见利忘义、“诡薄无行”的人所能做到的。（以上参见董乃斌作《李商隐诗·前言》及羊春秋《唐诗精华评译》等书）

那个似乎总是一袭白衣、走在无边风雨中、独自苦恋的才子，乌云压城、江山变色之际，才让人看清了他的真正面目，却原来这是一位节操独立、风骨傲然、敢于冒死抗争的大丈夫、铁男儿。

董乃斌先生说得太好了：“李商隐诗有个很重要的特点，就是在表现爱情、悼亡以及对坎坷身世的自我感伤乃至对唐王朝衰亡的预感时，往往彼此融渗胶结，浑然化为一体……”（《李商隐诗·前言》）只有在重视感情、尊重女性的诗人身上，才可能发生这样的情况，因为在他心目中，爱情，是生活、命运中极重要的一部分，爱情的失落会直接导致永不能解脱的生存的哀痛，所以和身世之叹紧密相关，爱情的得失甚至和王朝的兴衰几乎同等重要，所以才会让这几者“浑然化为一体”。曹雪芹虽然可能不那么喜欢李商隐的诗（借黛玉之口说出），但是在曹雪芹的女性观、价值观中，即使不能肯定说受了李商隐的影响，也很容易找出和李商隐一脉相承的内涵。

无情无义的，多势利凉薄之辈，岂有真豪杰？唯真男儿能多情。李商隐就是这样一位大诗人、真男儿。

珠有泪　玉生烟

如果要概括李商隐诗的特色，恐怕只有他自己的“沧海月明珠有泪，蓝田日暖玉生烟”这两句，最优美也最传神了。

《搜神记》有鲛人泣珠的故事，说中国的“鱼美人”哭的时候掉下来的是一粒粒珍珠，商隐这里暗用了这个典故。“今不曰‘珠是泪’，而曰‘珠有泪’，以见虽化珠圆，仍含泪热，已成珍玩，尚带酸辛，具宝质而不失人气；‘暖玉生烟’，此物此志，言不同常玉之坚冷。盖喻己诗虽雕琢晶莹，而真情流露，生气蓬勃，异于雕绘夺情、工巧伤气之作。”（钱锺书语，转引自周振甫《诗词例话》）

李商隐最著名的是他大量的无题诗——包括一些取诗之首二字为题的，其实也等于无题。关于这些诗，历来探究最苦、议论最多的是两大问题：第一，那些动人情愫是否真的发生过？发生于何时何地？女主人公是谁（即有无“本事”）？第二，所写爱情和怨情，是否有弦外之音，是单纯的抒情还是另有寄托，比如是写仕途的失意或者希望得到达官显贵的提携？

爱情诗，最重要的是将爱情写得真、深，只要真了、深了，便会感人，如果再加上独特，就是风格了。至于曾经发生过（或者一半发生过一半想象出来）的爱情，因为年代久远，更因为诗人出于无奈也出于有意、明显地将真相隐藏到了重重迷雾之中，所以我们根本无法知道或者考证出所谓“本事”。其实，也根本不必知道。相比起没完没了地考证和辩论的人，有一些学者十分通达，叶嘉莹先生指出：“李义山……其观生阅世，哀怨无端，发为诗歌，与其生命深相结合，读者应以灵思慧解探索之，而不可以沾沾于一人一事拘泥求之也。”（《迦陵论诗丛稿·缪钺题记》）董乃斌先生则更干脆：“追究诗人爱的、赞的这人是谁，实属多事。”还借用前人“不必有其事，不妨有其词”（程梦星语）的看法进一步说“不必有其事，不妨有其情，有其词”（董乃斌评注《李商隐诗》）。至于有无寄托，清代的纪昀早就说过：“如此诗，即无寓意，亦自佳。”（《玉谿生诗说》）

“不必有其事，不妨有其情，有其词”，说得是！否则世界上将失去多少诗歌杰作！“即无寓意，亦自佳。”说得何其痛快！如此好诗，如此感人，有没有本事，有没有寄托，显得不再重要。

商隐的《锦瑟》无疑是他最著名也最重要的一首诗，也是中国诗歌史上最有魅力同时最让人费解的一首诗：

锦瑟无端五十弦，一弦一柱思华年。
庄生晓梦迷蝴蝶，望帝春心托杜鹃。
沧海月明珠有泪，蓝田日暖玉生烟。
此情可待成追忆，只是当时已惘然。

关于此诗主旨，长期以来众多学者争论不休、读者莫衷一是。元好问就这样感叹："望帝春心托杜鹃，佳人锦瑟怨华年。诗家总爱西昆好，独恨无人作郑笺。"就是说大家都喜欢李商隐的这首诗，就是苦于没有人能解释明白。王士禛也灰心地叹道："一篇锦瑟解人难！"说它实在难以理解透彻。

对《锦瑟》主旨的解释，起码有以下八种说法：（一）怀念一个叫作锦瑟的女孩子，她是令狐楚家里的丫头。（二）写了瑟的四种声调：适、怨、清、和（苏轼观点）。（三）悼念亡妻（朱鹤龄等观点）。（四）追念旧欢。（五）客中思家。（六）为自己诗集作序（纪晓岚、钱锺书等人观点）。（七）伤唐室之残破。此外，还有董乃斌先生的看法：此诗主旨即"思华年"，亦即"自伤身世"——"诗从锦瑟起兴，以一连串的典实和比喻描述韶华流逝、怀才不遇、理想成空的经历给他的心灵留下的深刻印痕。……李商隐也正擅用迷离惝恍而韵味隽永的意象，状写由无数事所造成的精神创伤、倾吐多年郁积于心的感受。”（以上均见董乃斌评注《李商隐诗》）

细细想去，还是“自伤身世”说和“序言”说最有说服力。“序言说”的几大理由是：商隐将它放在诗集之首；杜甫曾有“新诗近玉琴”之句，所以商隐也是用锦瑟比喻诗作；“玉生烟”也是指诗，因为“司空表圣云：‘戴容州谓诗家之景，如蓝田日暖，良玉生烟，可望而不可置于眉睫之前也。李义山玉生烟之句，盖本于此。’”。（《困学纪闻》卷十八）

但是有没有这样一种可能，就是这首诗是这两者兼而有之？因为李商隐的诗本就常常几个主题“彼此融渗胶结，浑然化为一体”（董乃斌语），况且一位诗人将一首诗作为全集的自序，回首生平，既含蓄地对创作特色“夫子自道”，又情难自抑地自伤身世，不也是非常自然因此非常可能吗？

李商隐将一首自伤身世的诗作为自序，或者说，李商隐这首作为序的诗主要内容是自伤身世，虽然有点“大胆假设”，好像也说得通。

李商隐诗从来是著名的难解，但是历代求解、出新解的人层出不穷，可见确实“诗无达诂”，诗歌也确实可以在后人的不断参与创作中获得生命力的延伸。当然也可以就坚持一种“不求甚解”的热爱。无论如何，都证明了商隐诗含义的丰富性，以及无穷的吸引力。

珠有泪，玉生烟。一千多年过去了，泪犹盈盈，烟尚袅袅。

人事代谢，朝代更替，泪不枯，烟不灭。

跟着父亲读古诗

前几天和毕飞宇通电话，聊我们都喜欢的李商隐。他自谦说如果要和我对谈李商隐，他得好好做功课。我倒也没有和他对着谦虚，而是承认自己外国文学实在读得太少了，是个大缺欠。他马上说：“这不能怪你，是你从小的环境里中国古典文学这一面太强大了。”

毕飞宇也许是想安慰我，但他说的也是实情。

上世纪70年代初，我还是学龄前稚童，父亲便让我开始背诵古诗。这句话现在听上去平淡无奇——如今谁家孩子不从“鹅鹅鹅”开始背个几十首古诗，好像幼儿园都不好意思毕业了，但是相信我，这在上世纪70年代，约等于今天有人让孩子放弃学校教育、在家念私塾那样，是逆时代潮流的另类。我是带了一点违禁的提心吊胆，开始读我父亲手书在粗糙文稿纸背面的诗词的。父亲给我开小灶了，我当然非常开心，但是那种喜悦的质感并不光滑，而带着隐隐不安的刺。

我背的第一首诗是“白日依山尽”，然后是“床前明月光”和“慈母手中线”。

然后，应该是“城阙辅三秦，风烟望五津……”，王勃的《送杜少府之任蜀州》。在我当时的心目中，这首诗有的地方好理解，有的地方完全不明白，杜少府，肯定是姓杜名少府了（呵呵），但什么是城阙？什么叫三秦？“宦游人”是什么？换油人？古代的人，拿什么换油？我有时候看到人家拿家里的废铜烂铁和鸡毛换糖给孩子吃，可是母亲没有这些“家底”，从来都是用钱买的……哎呀，我想到哪儿去了！继续背，“海内存知己，天涯若比邻”，当时我还没有见过海，“海”字让我想到的是父亲所在的上海，既然一年只能在寒暑假见到父亲两次，上海一定非常非常远，那是“海内”还是“天涯”？

“少小离家老大回”“黄河远上白云间”“朝辞白帝彩云间”“两个黄鹂鸣翠柳”……有首诗印象深刻：“吾家洗砚池头树，个个花开淡墨痕。不要人夸颜色好，只留清气满乾坤。”当时我已经上学了，明明老师告诉我们，要说：一杯水，一朵花，一棵树，这个人却说花是一个一个的，不过这样说，好像一朵朵花都成了一个个人，很好玩呢。

当时完全不会在意作者的名字，现在回想起来，贺知章、李白、杜甫、王昌龄、孟浩然……还有我后来膜拜的王维都很早出现了，但没有我后来很喜欢的李商隐、杜牧。

词。李后主、苏东坡、辛弃疾，后来父亲和我经常谈论的这几位，都是很晚才出现的。我背诵的第一阕词，对一个小女孩来说，是非常生硬突兀的——岳飞的《满江红》。后来我不止一次想过，如果我有女儿，即使不让她背李清照、柳永，至少也会选晏殊、周邦彦吧？现在的我对当年的父亲笑着说：爸爸，你也太离谱了。更离谱的是，当时这阕词因为生字多，我背得很辛苦（比如“凭”字我用铅笔在旁边写上“平”字，“靖”旁边写上“静”，才啃了下来），然后等放暑假，父亲回来了，居然没有抽查到这阕词，让我暗暗失望。那时候，因为常年不在一起生活，我有些敬畏父亲，竟不敢自己提出来卖弄一下，背给他听。

按现在的养育标准看，从我在襁褓中开始父母就被迫分居两地，整个童年父亲都不在身边，心理阴影面积该有多大啊。幸亏父亲不在的时候，有他亲手录的古诗词陪着我。

大概是1977年或者1978年吧，父亲不知是到南京还是北京出差，给我带了一套唐诗书法书签，就是一张张书法的黑白照片，其实很简陋，但是我爱不释手，天天拿着看，翻来覆去地看，其中有一张我背熟了的“杨花落尽子规啼，闻道龙标过五溪。我寄愁心与明月，随风直到夜郎西”。我就胡思乱想：五溪，是一条溪的名字吧（又只能“呵呵”了），大概像离母亲工作的学校不远的木兰溪，是清澈见底的淡蓝色的吧？夜郎是什么地方？好奇怪的名字。这张书签上的字体是行书，我觉得和李白的诗很配。还有一张是我没有背过的杜牧的《江南春》：“千里莺啼绿映红，水村山郭酒旗风。南朝四百八十寺，多少楼台烟雨中。”记得是用一种“奇怪”的字体写的（后来知道是隶书），这首诗我很喜欢，但是不太明白这个杜牧到底想说什么，父亲又不在身边，我没人可问。但是读着读着，眼前好像出现了一个画面，像在去上海的火车上看到的烟雨朦胧的田野那样，我被一种奇异的感觉笼罩了，觉得自己整个人在昏暗中闪闪发光。当时母亲在我对面批改中学生的英语作业，我没有打扰她，而是一个人安静地体会那种无声无息从天而降的幸福。可是，独自惊喜了一会儿，又有一点隐隐的担忧：怎么读不出什么要人上进的意思？是我没读出来，还是理解错了？

等到再见到父亲，我忘了问这个问题，等到我可以天天见到他，我已经不需要问了，我自己明白了：把千里之外的景色“拘”到读诗人的面前，让人觉得优美，置身其境，这个诗人已经手段了得，这首诗的价值已经足够了。并不需要每首诗都像父亲给我的信中反复教导的“宝剑锋从磨砺出，梅花香自苦寒来”那样，一定要励志的。诗不一定是用来包裹人生道理，不说“苦寒”，单纯写梅花也是可以的。明白了这一点，我有一种被赦免的轻松感，从此自由自在地选择自己喜欢的诗词来读了。

十二岁那年，随母亲移居上海全家团聚之后，一下子海阔天空了。我从父亲的书架上很方便地可以接触到许多古典诗词读本，而且编选者都是真正的学问大家。比如余冠英选注的《乐府诗选》，人民文学出版社 1957 年版，竖版，初版定价六毛五分。这是我第一次读竖版的书（也可以说是程乙本《红楼梦》，人民文学出版社 1973 年版，我当时是两本同时读的），至今记得面对竖排书那种奇异的不适应以及说不清来由的肃然起敬的感觉。

适应了竖排书之后，有一天我又发现，有的诗和我过去背的不一样，有时是一个字、有时是两个字不一样。我惊呆了，难道父亲错了？这对我来说是不可想象的。难道书上错了？不可能！——父亲说了，编这些书的“都是真正做学问的人”！“做学问”，父亲早就用语气和神情在我心中核准了这三个字的分量。不得了，出大事了！心急火燎的我，等到父亲从复旦校园里回来，满头大汗地扑上去问他，他却根本不看我手里的书，就轻描淡写地说："都没错，这是两个版本。"天哪，竟有这种事情！竟然没有斩钉截铁的对与错！怎么会这样呢？父亲一边洗手一边笑着说："你不用眼睛瞪得圆滚滚，这个很正常，我和他是不同学校不同老师教的，我们的老师当初读的是不同的版本；还有一种可能，这首诗流传下来有两种版本，而我们的老师各人喜欢各人的，所以就不相同了。"于是惊魂初定的我，又记住了一个重要的词：版本。（后来，读其他版本的《红楼梦》，发现和记忆中的句子有出入的时候，我不再吃惊，而是对父亲说："我觉得这个版本，读起来不如那一个舒服。"父亲看了我一眼，眼神内似乎含了一些欣慰，但是仍然说："不要太随便下结论，版本研究起来是很深的学问。"）

也就是在这些诗词选里，我第一次看到了在书上随手标记、评点的做法（而不是我的老师们要求的"要保持书本整洁"!），父亲在这些书里，用铅笔、红铅笔、蓝色钢笔做了各种记号（估计是每一次读用一种颜色的笔，有三种颜色表示至少读了三遍）。

比如《乐府诗选》中，在第18页的《猛虎行》的注释部分，父亲在"双起单承"四字的旁边用红笔画了双线，于是我第一次读这首诗就注意到了这个说法，或者说知道了古诗中的这种手法。在《艳歌行》的注释部分，父亲用单线画了"'艳'是音乐名词，是正曲之前的一段”，所以我一上来就没有误认为“艳”和鲜艳美丽有什么关系。《白头吟》有“沟水东西流”之句，我顿住了，水怎能同时向两个相反方向流呢？正觉得不好理解，看到注释里，父亲画了“‘东西’是偏义复辞，偏用东字的意义”这一句，而且又是醒目的双线。哦哦，原来如此！《子夜歌》中有“明灯照空局，悠然未有期”，父亲在“期”字旁边注一“棋”字，还用一个拉长的箭头标到上句的“空局”处，使我更明确地理解了“‘期’与‘棋’同音双关”的注释——眼前是一个空局（空棋枰），就是“未有棋”，同音双关成“未有期”，思念之人相见无期的惆怅，写来多么婉转，又自然又含蓄。当时的我，还远远不能说出“蕴藉”“风调”，但是已经模糊感受到了单纯里的匠心独具与浑然无痕。

父亲觉得好的地方，会画圈。若是句子好，先画线，然后在线的尾巴上加圈。整首好，则在标题处画。好，一个圈；很好，两个圈；极好，三个圈。觉得不好，是一个类似于拉长了的顿号那样的一长点。让父亲画三个圈的情况自然不多，所以每次遇到我都要“整顿衣裳”，清清嗓子，认认真真地读上几遍。有时候我会忍不住地对父亲说，某一首诗真是好，我完全同意你的三个圈，父亲大多只是笑笑，并不和我展开讨论，那是80年代，他忙着准备讲义和伏案著书，我虽然到了他眼皮底下，但他却常常没空理会我。

于是我只能用也在书上点点画画写写的方式来抒发自己的读后感——父亲给了我破天荒的待遇，同意我在他的书上做记号，当然只能用铅笔。父亲在苦熬他的文章或者讲义，我虽然就坐在他的对面，但是不敢打扰他，只能在他读过的书里通过各自的评注和他“聊天”。我喜欢的诗，有时和父亲不一样，比如我在28页的《西门行》的“人生不满百，常怀千岁忧。昼短苦夜长，何不秉烛游？”四句上重重地画了线，加了圈。父亲正好起身倒茶，看见了，说：“好是好，不过你画三个圈太多了，两个圈还差不多。”父亲大概觉得最好的诗是不能这样说穿道破，直截了当的。而我觉得：一说说到了底，多么痛快！也难怪，我读这些诗正是“少年不识愁滋味”的时候，加上80年代万象更新、充满希望的时代氛围，明明是无边无际的忧愁和苦闷，我也读成了明快铿锵。

有一天，我捧着一本古诗站到父亲面前，破釜沉舟地对他说：“这首诗，我不同意你的观点。”面对超级话痨（闽南话叫作“厚话仙”）的女儿，惜时如金的父亲常常有点抵挡不了，用上海话说就是“吃不消”，他想早点溜进书房——“以后再说吧”，我不依不饶——“你给我五分钟”。于是父亲坐了下来，听完我机关枪扫射般的一通话，想了一想，说：“虽说诗无达诂，不过你说的好像比我当年更有道理。”没等我发出欢呼，他又说：“哪天我去看朱先生，带你一起去吧。”朱先生，是父亲的老师，而且是父亲特别尊敬的老师——朱东润先生啊！我又觉得自己整个人闪闪发光起来了。就在那一天，我觉得自己长大了。

杜甫埋伏在中年等我

上苍厚我，从初中开始，听父亲在日常中聊古诗，后来渐渐和他一起谈论，这样的好时光有二十多年。

父女两人看法一致的很多，比如都特别推崇王维、李后主，特别佩服苏东坡；也很欣赏三曹、辛弃疾；也都特别喜欢“孤篇横绝”的《春江花月夜》……也有一些是同中有异，比如刘禹锡和柳宗元，我们都喜欢，但是我更喜欢刘禹锡，父亲更喜欢柳宗元；同样地，小李和小杜，我都狂热地喜欢过，最终绝对地偏向了李商隐，而父亲始终觉得他们两个都好，不太认同我对李商隐的几乎至高无上的推崇。

最大的差异是对杜甫的看法。父亲觉得老杜是诗圣，唐诗巅峰，毋庸置疑。而当年的我，作为80年代读中文系、满心是蔷薇色梦幻的少女，怎么会早早喜欢杜甫呢？

父亲对此流露出轻微的面对“无知妇孺”的表情，但从不说服，更不以家长权威压服，而是自顾自享受他作为“杜粉”的快乐。他们那一代，许多人的人生楷模都是诸葛亮，所以父亲时常来一句“诸葛大名垂宇宙”“万古云霄一羽毛”，或者“三顾频烦天下计，两朝开济老臣心”，然后由衷地赞叹：“写得是好。”

他读书读到击节处，会来一句：“语不惊人死不休！”——这是杜诗；看报读刊，难免遇到常识学理俱无还要无赖的，他会怒极反笑，来一句：“尔曹身与名俱灭，不废江河万古流。”——这也是杜诗；看电视里不论哪国的天灾人祸，他会叹一声“眼枯即见骨，天地终无情！”——这还是杜诗；而收到朋友的新书，他有时候读完了会等不得写信而给作者打电话，如果他的评价是以杜甫的一句“庾信文章老更成”开头，那么说明他这次激动了，也说明这个电话通常会打一个小时以上。

父亲喜欢马，又喜欢徐悲鸿的马，看画册上徐悲鸿的马，有时会赞一句：“一洗万古凡马空，是好。”——我知道“一洗万古凡马空”是杜甫《丹青引赠曹将军霸》中的一句，可是我总觉得老杜这样夸曹霸和父亲这样夸徐悲鸿，都有点夸张。我在心里嘀咕：人家老杜是诗人，他有权夸张，那是人家的专业需要，你是学者，夸张就不太好了吧？

有时对着另一幅徐悲鸿，他又说：“所向无空阔，真堪托死生。着实好。”“所向无空阔，真堪托死生。”——

杜甫《房兵曹胡马》中的这两句，极其传神而人马不分，感情深挚，倒是令我心服口服。我也特别喜欢马，但不喜欢徐悲鸿的画，觉得他画得“破破烂烂的”（我曾当着爸爸的面这样说过一次，马上被他“逐出”书房），而人家杜甫的诗虽然也色调深暗，但是写得工整精丽，我因此曾经腹诽父亲褒贬不当；后来听多了他的以杜赞徐，又想：他这“着实好”，到底是在赞谁？好像还是赞杜甫更多。

父亲有时没来由就说起杜甫来，用的是他表示极其赞叹时专用的“天下竟有这等事，你来评评这个理”的语气——“你说说看，都已经‘一舞剑器动四方’了，他居然还要‘天地为之久低昂’”。我说：“嗯，是不错。”父亲没有介意我有些敷衍的态度，或者说他根本无视我这个唯一听众的反应，他右手平伸，食指和中指并拢，在空中用力地比画了几个“之”，也不知是在体会公孙氏舞剑的感觉还是杜甫挥毫的气势。然后，我的父亲摇头叹息了：“他居然还要‘天地为之久低昂’！着实好！”我暗暗想：这就叫“心折”了吧。

晚餐后父亲常常独自在书房里喝酒，喝了酒，带着酒意在厅里踱步，有时候踱着步，就念起诗来了。《琵琶行》《长恨歌》父亲背得很顺畅，但是不常念——他总是说白居易“写得太多，太随便”，所以大约不愿给白居易太大面子。如果是“春江潮水连海平”，父亲背不太顺，有时会漏掉两句，有时会磕磕绊绊，我便在自己房间偷偷翻书看，发现他的“事故多发地段”多半是在“可怜楼上月徘徊，应照离人妆镜台。玉户帘中卷不去，捣衣砧上拂还来。此时相望不相闻，愿逐月华流照君……”这一带。(奇怪的是，后来我自己背诵《春江花月夜》也是在这一带磕磕绊绊。）若是杜甫，父亲就都“有始有终”了，最常听到的是“车辚辚，马萧萧，行人弓箭各在腰。爷娘妻子走相送，尘埃不见咸阳桥。牵衣顿足拦道哭，哭声直上干云霄。……”他总是把“哭”念成“阔”的音。有时候夜深了，我不得不打断他的“牵衣顿足拦道‘阔’”，说：“妈妈睡了，你和杜甫都轻一点。”

有一次，听到他在书房里打电话，居然大声说：“这篇文章，老杜看过了，他认为——”我闻言大惊：什么？杜甫看过了？他们居然能请到杜甫审读文章?！这一惊非同小可。却原来此老杜非彼老杜，而是父亲那些年研究的当代作家杜鹏程，长篇小说《保卫延安》的作者。有一些父亲的学生和读者，后来议论过父亲花了那么多时间和心血研究杜鹏程是否值得，我也曾经问过父亲对当初的选择时过境迁后做何感想，父亲的回答大致是：一个时代的作品还是要放在那个时代去看它的价值。杜鹏程是个部队里出来的知识分子，他一直在思考时代和自我反思，他这个人很正派很真诚。

有一天，我突发奇想，有了一个“大胆假设”：杜甫是“老杜”，杜鹏程也是“老杜”，父亲选择研究杜鹏程，有没有一点多年酷爱杜甫的“移情作用”呢？说不定哦！

“庾信平生最萧瑟，暮年诗赋动江关”，怎奈去日苦多，人生苦短。“儒术于我何有哉，孔丘盗跖俱尘埃”，可叹智者死去，与愚者无异。十年前，父亲去世，我真正懂得“莫自使眼枯，收汝泪纵横。眼枯即见骨，天地终无情”这几句的含义。可是我宁可不懂，永远都不懂。

父亲是如此的喜欢杜诗，于是，安葬他的时候，我和妹妹将那本他大学时代用省下来的伙食费买的、又黄又脆的《杜甫诗选》一页一页撕下来，仔仔细细地烧了给他。

不过这时，我已经喜欢杜甫了。少年时不喜欢他，那是我涉世太浅，也是我与这位大诗人的缘分还没有到。缘分的事情是急不来的，——又急什么呢？

改变来得非常彻底而轻捷。那是到了三十多岁，有一天我无意中重读了杜甫的《赠卫八处士》：

人生不相见，动如参与商。今夕复何夕，共此灯烛光。少壮能几时？鬓发各已苍！访旧半为鬼，惊呼热中肠。焉知二十载，重上君子堂。昔别君未婚，儿女忽成行。怡然敬父执，问我来何方。问答乃未已，驱儿罗酒浆。夜雨剪春韭，新炊间黄粱。主称会面难，一举累十觞。十觞亦不醉，感子故意长。明日隔山岳，世事两茫茫。

这不是杜甫，简直就是我自己，亲历了那五味杂陈的一幕。杜甫只管如话家常一般写出来，我却有如冰炭置肠，倒海翻江。

就在那个秋天的黄昏，读完这首诗，我流下了眼泪，我甚至没有觉得我心酸我感慨，眼泪就流下来了。奇怪，我从未为无数次击节的李白、王维流过眼泪，却在那一天，独自为杜甫流下了眼泪。却原来，杜甫的诗不动声色地埋伏在中年里等我，等我风尘仆仆地进入中年，等我懂得了人世的冷和暖，来到那一天。

我在心里对梁启超点头：您说得对，杜甫确实是“情圣”！我更对父亲由衷地点头：你说得对，老杜“着实好”！

那一瞬间，一定要用语言表达，大概只能是“心会”二字。

也许父亲会啼笑皆非吧？总是这样，父母对儿女多年施加影响却无效的一件事，时间不动声色、轻而易举就做到了。

此刻的我，突然担心：父亲在世的时候，已经知道我也喜欢杜甫了吗？我品读古诗词的随笔集《看诗不分明》在生活·读书·新知三联书店出版，已经是2011年，父亲离开快五年了。赶紧去翻保存剪报的文件夹，看到了自己第一次赞美杜甫的短文，是2004年发表的，那么，父亲是知道了的——知道在杜甫这个问题上，我也终于和他一致了。真是太好了。

作家荆歌的小字非常秀丽，他很喜欢周作人，如果朋友请他随意写一幅字的话，多半是周作人的“且到寒斋吃苦茶”。我对老杜“路转粉”之后，有一天给他写了一封信，说，不要写你亲爱的周作人了，给我录一次老杜的《赠卫八处士》吧。荆歌录完这首诗，也很感慨，写了一个小跋，说此诗“有人生易老，岁月匆匆之感”。

是啊是啊，岁月匆匆！父亲离开已经十年。童年时的唐诗书签也已不知去向。幸亏有这些真心喜欢的古诗词，依然陪着我。它们就像一颗颗和阗玉籽料，在岁月的逝波中沉积下来，并且因为水流的冲刷而越发光洁莹润，令人爱不释手。

读好的中国古诗词，我一向看作是中国人独享的大福利。因为中文实在太难了，而翻译中文古诗，要表达意思尚且顾此失彼，对那些双关、互文、典故、双起单承、顶针、映带就束手无策，弦上的音尚且如此，就不要指望传递什么“精警”“绮丽”“英爽”“超拔”，还有“气骨”和“风调”这些弦外之音了。

作为一个不能免于郁闷和忧虑、时常觉得活得辛苦的中国人，我觉得多读古诗是让自己“平民愤”、寻找心理平衡的一大妙法——他们“歪果仁”再怎么天蓝水清诚信安全没心没肺，可是他们读不懂中国的古诗词呀！请不要抬出傅汉思那样的外国人来抬杠，那是凤毛麟角。

对那些“歪果仁”，我绝对不会告诉他们，在我们中国人心情的起伏里，人生的转折处，古诗词可以帮多大的忙；我甚至都不会告诉他们一个小小的秘密，《看诗不分明》这个书名其实就来自我家两代人共读的《乐府诗选》，出自这两句：“雾露隐芙蓉，见莲不分明。”

这两句诗多好啊——芙蓉就是莲，隐于雾中，看不分明，“莲”又和“怜”同音双关，“怜”者，爱也。这是陷入爱情的人患得患失的心情，用流行歌曲唱出来就是“你到底爱不爱我?”。用微信表情表示，就是长草颜团子扯花瓣卜感情卦，这一瓣，“爱我”，再一瓣，“不爱我”。一代代的纠结不会完，幸亏花瓣也是扯不尽的，因为繁花一片，永远开在杜甫的诗里——“黄四娘家花满蹊，千朵万朵压枝低。”

附：云想衣裳花想容
——唐代女性时尚

说到唐朝的长安，唐代的女性，最容易想起的是盛开的牡丹花。

> 云想衣裳花想容，春风拂槛露华浓。
> 若非群玉山头见，会向瑶台月下逢。

沉香亭。亭外是盛开的牡丹，玉石栏杆内是比牡丹更加丰美娇艳的杨贵妃，春风轻拂，异香四溢，襟袖尽染，诗人呼吸着花香，花香又从他笔下流出，在中国人的记忆中香了一千年。

这是中国最天才的诗人写给中国最美的女人的。最昌盛的国度。最旖旎的时节。

时空坐标上，唐朝和长安汇成的，就是这样一个美恣意盛开的地方。

唐代妇女的时尚风格，如果用花来作比喻，是牡丹。

想象一下，那色泽浓烈、花形饱满、芳香馥郁的牡丹汇成的海洋！

（一）女人曾经最美的地方

关于陕西人，听到过一个恶毒攻击的说法：“不化妆是兵马俑，化了妆是唐三彩。”而关于西安的“评价”则是：“一是古，二是土。”

确实是土，而且具体到就是“土”本身。十多年前到西安，一到西安，就觉得城中尘埃扑面，刚到的人几乎呼吸困难，又干燥，几乎可以感到皮肤像落叶一样发脆。城里的行人的装扮，虽然不至于是兵马俑或者唐三彩水平，可是离“时尚”还是颇有距离。

直到我拜见了陕西历史博物馆，还有那些唐代墓葬古迹，惊艳之余，几乎觉得现在西安的“土”是一种欲擒故纵的手法，为的是叫我们这些外来的人猝不及防，蓦地心为之折，神为之摧。

唐代。长安。中国女人最美的朝代和地方。

我们今天还用“唐装”来作为一种中国传统服饰的统称，但是，现代的唐装，根本无法和唐代的服装千姿百态、灿烂夺目相比。

关于唐朝的女性时尚，有一段著名的记载。读来令我忍俊不禁，这简直就是男人对女人不服管束、追逐时尚的抱怨和牢骚：

“……风俗奢靡，不依格令，绮罗锦绣，随所好尚。”“上自宫掖，下至匹庶，递相仿效，贵贱无别。”（《旧唐书》卷四十五《舆服志》）

而那些壁画、女俑也在对这样的指控“供认不讳”：唐代女性服饰确实是浓艳，大胆，奢华，雍容大气，标新立异。

而就在她们如此独领风骚的时候，我今天所生活的上海还是一个小渔村，日本还是因为物资匮乏而禁止庶民穿红染衣服的奈良时代，至于纽约，还是印第安土著的天下，根本没有开化。

（二）一切从长安开始

那就回到唐朝，回到西安还叫长安的时候吧。

先来看看长安的位置。它位于秦岭之下，渭水之滨。远从西汉时起，就有“八水绕长安”之说。这八水，除了我们在成语中熟知的泾和渭，还有灞、浐、滈、潏、涝、沣六水。八水环绕，使长安得到灌溉，土壤肥沃，物产丰饶；河流给它带来交通运输之便，关东地区、剑南地区和江南地区的丝绸源源不断而来；秦岭茂盛如青障的森林，不仅带来了王维在诗中一再赞美的“深林”“空林”景致，更带来了良好的小气候区。

这一切，使长安这个唐代的政治、经济、文化中心，天然地成为富庶繁华的时尚中心。它开创服饰制度、生成时尚风气，然后迅速辐射全国，甚至波及海外。

唐初可以说是创制时期。自隋文帝开始的“复汉魏衣冠”的服饰改革之后，历经唐太宗、高宗对服制、服式作出规定，开创了制度，一直相沿到盛唐玄宗时期。

在这种对制度的沿用中，长安不断地给中国女性制定着新的时尚审美标准，从体型到服饰到化妆，甚至到生活方式。正是这种标准的变化，加上女性对美的不懈探索和追求，带来丰富的时尚流变。

唐代女性时尚的主要潮流是：由遮蔽而趋暴露（样式），由简单趋于复杂（花纹、妆饰），由简朴趋于奢华（服装风格），由清秀而趋丰腴（体型）。

（1）上行下效。

在唐代，一切时尚都是从长安开始的。《后汉书》中长安时谚“城中好高髻，四方高一尺。城中好广眉，四方且半额。城中好大袖，四方全匹帛”所描写的情景用来形容唐代也非常贴切。虽然本意是讥讽“上之所好，民必甚焉”，上头决策，下面会变本加厉地盲目执行，但是若从时尚角度来考察，却绝好地说明了长安作为时尚中心、时尚之都的巨大影响力。这个影响力不但遍及全国，而且波及朝鲜、日本，直到中亚。（有学者这样形象地表述唐朝对日本的影响：日本原来的情况像一锅豆浆，唐朝的精神是卤水，一下子将它点成了豆腐，从此有了成形的文化。服饰文化当然也是如此。）

与今天世界范围时尚现状相似的是，唐代的时尚主要由宫中（今天是王室）、贵妇（今天是富商太太和社交名媛、部分白领）、以声色技艺娱人行业的从业女性（今天是演艺界明星）来引领风骚。

也许是李唐王室带有鲜卑血统，“胡化”尚武，并影响了审美观；也许是农耕文明产生的审美与富裕的物质基础相遇造成的一种必然——唐代崇尚浓丽丰肥之美。赏花要赏牡丹，马也要颈粗臀部大，人是“尚丰肥”，女子为了使自己显得更丰满，往往将裙子做得很宽大，六幅，八幅，十二幅，还要将腰身提高到腋下，这样整个人不见腰身，几乎像一个灯笼的外形了。杨贵妃这个特殊人物的出现，玄宗对她的宠爱，更是推波助澜，使“以肥为美”达到顶峰。

至于化妆，这也是宫中的大事。唐玄宗封杨贵妃三姊妹为韩国夫人、虢国夫人和秦国夫人，每人每月给钱十万，为脂粉之资。然而虢国夫人不施脂粉，自炫美艳，常常素面朝见天子。虽然不施脂粉，但眉还是画的，“淡扫蛾眉”。据史籍记载，唐玄宗染有“眉癖”，史称“唐明皇令画工画《十眉图》……”一朝天子亲自推广和提倡，画眉之风在妇女中盛行不衰，就不足为奇了。

至于服饰，唐代妇女服装有三大类：上衫下裙、胡服、男装。在裙子方面有安乐公主百鸟裙引起朝野仿效的例子，而男装也同样可见上层的示范作用：武则天之女太平公主，一次在高宗的内宴上，她以紫衫，玉带，皂罗折上巾，佩带刀、砺石等“纷砺七事”的装扮出场，不但男装，而且全副戎装，弄得高宗和武后都觉得好笑，对她说：“女子不可以当武官的，你干嘛打扮成这样?”公主带头这样“扮酷”，对女穿男装的影响可想而知。

（2）时髦成风。

唐代是一个非常注重时尚的朝代，女性更是时髦成风。政治、法律、道德、礼仪都不能约束这种强烈的好美之心和对时尚的追逐。贵贱、男女、夷夏的界限都被冲毁了。即所谓“风俗奢靡，不依格令，绮罗锦绣，随所好尚”，“上自宫掖，下至匹庶，递相仿效，贵贱无别”。

胡服是唐代的舶来品，虽前后有变化，但主要特征是：男女区别不大，兼具实用与审美。有“贵游士庶好衣胡服，为豹皮帽，妇人则簪步摇。衩衣之制度，衿袖窄小”的记载。当时有些保守的人认为这是“妖服”，可以看出它的新异程度，但却是唐初最流行的服饰，而且流行了一段时间——“女为胡妇学胡妆，……五十年来竞纷泊”（元稹）。中唐以后，曾经新奇的胡服逐渐消融在传统服装之中。

关于为什么流行男装，研究者有不同解释，如：唐朝统治者出身胡族，因而尚武，导致胡服流行；社会开放，女性参加社会活动较多，男装方便；女性自我意识较强，为了体现曲线美，等等。其实北齐、北周、隋朝同样有胡族血统，有开放的社会，却没有如此大规模的女穿男装；体现曲线美也可以通过其他方式，而且更加直接；至于说方便，女性为了美，穿了多少不方便的衣服？而且唐代的时尚风格并不是追求实用。

作为一个女性，我认为最主要的原因是：追新逐异，崇尚新奇的心理驱使。就是爱美，而且是爱与众不同、与前人不同的美。应该说这是时尚追求的更高层次。专家们大费周章地考证和存疑，从女性时尚心理的角度来看，却是简单得有如天经地义的一件事。

唐代已经有了非常明确的时尚概念和“时世妆”的说法。“小头鞋履窄衣裳，青黛点眉眉细长。外人不见见应笑，天宝末年时世妆。”（《上阳人》）——这些白发宫女，在冷宫中消磨了四十多年，一直保持进宫时最时髦的打扮，已经彻底过时老土了。盛唐则是“大髻宽衣”的新趋势。“近世妇人……衣服修广之度及匹配色泽，尤剧怪艳。”——这是元稹在《寄乐天书》中对中唐时尚的观感。白居易也说：“风流薄梳洗，时世宽妆束。”

任何时代都有与时尚无缘，或者对时尚不屑的女性，唐代也不例外。“谁爱风流高格调，共怜时世俭梳妆”，这是晚唐的一个姑娘，因为众人都喜欢“俭妆”打扮的时髦女子，没有人来欣赏她以致嫁不出去而悲叹。可见无论追随还是拒绝，时尚都是唐代女性生活中的一件大事情。

（三）胸前春光知几许

当我无意中看到第七十六届奥斯卡颁奖典礼照片的时候，突然想，唐代的开放真是难以想象。朱利亚·罗伯茨的水紫色缎晚礼服，胸前那个 V 字泄露出来的春光，还不如永泰公主墓壁画中的持高足杯宫女；而最佳女配角芮妮·齐薇格的白色一字低胸礼服带来的珠圆玉润的美感，也与唐代的《簪花仕女图》里那个雍容华贵的贵妇人有异曲同工之妙。

也就是说，远在唐代，中国的女性已经创造出可以媲美奥斯卡的时尚，美妙，开放，争奇斗艳。

在唐代，暴露前胸不但是美的，而且是高贵的。“唐代前期，往往愈是贵妇人愈穿露胸的上衣。”（孙机《唐代妇女的服装与化妆》）

唐代女性的前胸确实是颇为暴露的。在传统裙襦装基础上改造形成的袒露装，不但将脖颈彻底暴露，而且连胸部也处于半掩半露的状态。唐代女俑和壁画是这方面形象的铁证，“她们”无视礼法，一反传统，坦然表现出对人体美的大胆追求。雪白丰满的胸脯，还有丰满乳房天然形成的乳沟，甚至乳房的边缘部分。

在唐朝，袒胸露肌，这是自然的，美的，时尚的。初唐欧阳询《南乡子》中有“胸前如雪脸如花”的句子，还有“长留白雪占胸前”（施肩吾），“粉胸半掩疑晴雪”（方干），“慢束罗裙半露胸”（周渍），都是对这种袒露的真实描写。至于对丰满的玉臂、皓腕的咏叹，更是不计其数。而其中毫无保留的赞美，则更是反映了当时的时尚风气和审美标准。

时尚风潮，势不可挡。

何谓惊世骇俗？“世”是不断变迁的，而我们可能就是“俗”的一部分。

（四）拜倒在石榴裙下

唐代女装虽然千变万化，但是不外乎三大类型：窄袖衫、襦配长裙，胡装，女穿男装。

窄袖衫、襦配长裙的基本构成是裙、衫、帔。正如著名专家孙机先生在《中国古舆服论丛》中指出的：“唐代女装无论丰俭，这三件都是不可缺少的。”

最初是流行了相当长时间的条纹裙。这从陕西三原唐李寿墓壁画以及西安白鹿原43号初唐墓的女俑可以看出。到了盛唐，曾经主流的条纹裙渐渐销声匿迹，各种色彩浓艳的裙子登上时尚舞台的中心。

裙子的颜色十分鲜艳，主要以红、绿、黄为多。此外还有紫、青等色。

红裙。它有个青史留名的别称——石榴裙，唐代女性穿得最多的就是这种裙子。长安仕女佳期节日常到郊外游赏，遇到名园、名花，就藉地设宴，以红裙做“帷幕”，真是春色撩人，旖旎无限。红裙也是唐诗中经常歌咏的对象，而最感人的却是“业余诗人”武则天的《如意娘》：“看朱成碧思纷纷，憔悴支离为忆君。不信比来长下泪，开箱验取石榴裙。”再强硬跋扈，再贵为皇帝，毕竟也是女人，她也会显得伤感脆弱。不看别的信物，单看石榴裙，可见石榴裙在当时女子生活中的地位。

绿裙。“宝钿香娥翡翠裙”（戎昱），写的就是绿裙子。但与其用翡翠裙来做绿裙的美称，不如叫它荷叶裙。不但清新生动，而且和“石榴裙”相对。“荷叶罗裙一色裁，芙蓉向脸两边开。乱入池中看不见，闻歌始觉有人来。”这首《采莲曲》就是它的出处。

黄裙。又叫郁金裙。郁金裙是以一种不同于原产小亚细亚的郁金香的姜科多年生草本植物染成的。杨贵妃特别喜欢穿这种黄裙，不但色泽明丽，而且有香气。

从材料来看，则有：绸裙，纱裙，罗裙，银泥裙，金缕裙，金泥簇蝶裙，百鸟毛裙等。百鸟毛裙是唐代最华贵的裙子，据《朝野佥载》记载，唐中宗之女安乐公主是始作俑者，她的这条裙子用了各种奇禽的毛织成，正看为一色，侧看为一色，日中为一色，影中为一色，而且裙上呈现出百鸟的形态，可谓旷世罕见的奇美奢绝。此后官员、百姓纷纷仿效，"山林奇禽异兽，搜山满谷，扫地无遗"——导致了一场野生珍禽异兽的浩劫。对这种走向极端的时尚风潮，今天的人究竟该认为"奢侈带来富足"，还是从动物保护、环境保护的角度出发予以指责？

虽然风气豪纵，但唐代对美感和资源的冲突不是全无考量的。所谓"裙，群也。连接群幅也"（《释名·释衣服》）。由于古代的布帛幅面较窄，裙子都要用几幅布帛连接起来。唐代的裙子一般是用六幅布制成的，"裙拖六幅湘江水"（李群玉）就是对此的写照。唐代时尚以裙宽肥为美，华贵的则用到七幅八幅。终于引来了皇帝的干预：唐文宗为了提倡节俭，明令要求"妇人裙不过五幅"（《新唐书·舆服志》）。另外，唐代的裙子多有褶，所谓"破"，几破就是几褶。隋炀帝时的"仙裙"是十二破。褶多了就比较浪费，唐高宗曾下诏禁止："天后我之匹敌，常着七破间裙，岂不知更有靡丽服饰，务尊节俭也。”唐玄宗也做过类似限制。至于效果，不甚清楚，恐怕不会令行禁止的。

衫、襦，就是短上衣，是唐代女性最常见的衣服。衫是夏装，较薄，襦是冬装，有夹的和棉的。唐初的衫比较短小，袖子窄，掖进裙腰。后来变得逐渐宽大。颜色有白、青、绯、绿、黄、红等，又以红衫为多。衫一般用布做，也有罗的，上有金银线；襦则往往绣有各式花样，所谓“薄罗衫子金泥缝”“连枝花样绣罗襦”。如此鲜艳的衫襦灵活搭配各色裙子，就无穷变化，精妙纷呈了。

裙衫之外，唐代妇女都爱披帔和搭披帛。帔比较宽，类似今天的披肩，是已婚女性用的；披帛窄，更接近飘带，用于未嫁女子。轻盈的帔和飘扬的披帛，配上原本繁丽的衣裙，不但变化多端，而且增加了妩媚的动感。所以画家们在画仕女和仙女时，以及匠人在雕塑女俑时，谁都不会忽略这美丽的帔和披帛。“红衫窄裹小缬臂，绿袂帖乱细缠腰”，这是盛唐时期佳丽的典型服装（徐连达《唐朝文化史》）。永泰公主墓壁画中就有披帔的女性形象，而《捣练图》中则有搭披帛的女性形象，可谓随处可见。

这样的服饰确实富有美感，从线条到颜色都极富视觉冲击力，或动或静都充满婀娜多姿的女性魅力。“拜倒在石榴裙下”虽是语带讥讽或自嘲，但那个画面仍然充满美感。应该庆幸我们的先人早早发明了这个说法，否则到了今天，也许会说成“拜倒在牛仔裤下”或者“拜倒在七分裤下”，那才是大煞风景。

拜倒在石榴裙下？对于美，何妨顶礼膜拜！

（五）共爱风流时世妆

高髻云鬟

唐代妇女的发型有髻和鬟两大类。髻是挽发结在头顶上，中间是实心的。鬟是将头发梳成中空作环形，多为未婚女子所梳。

从永泰公主墓石椁线刻画、西安长郭50号史思礼墓出土俑、西安路家湾柳昱墓出土俑等可以得知，唐代髻式很多，有几十种：同心髻，反绾髻，交心髻，鸾凤髻，抛云髻，慵来髻，抛家髻，倭堕髻，拔丛髻，堕马髻，百合髻，长乐髻，乌蛮髻，高髻，低髻，侧髻，小髻，椎髻，云髻，飞髻，花髻，凤髻……西安羊头镇总章元年李爽墓壁画中则有双环望仙髻。据高春明《中国服饰名物考》，尚有惊鹤髻等。最有趣的名称是囚髻（匆忙束发急就而成的髻），扫闹髻（唐代最热闹的发型，上冲然后蓬松散乱，似乎与今天某些晚宴发型有相通之处）。

鬟也是流行高鬟，有双鬟、三鬟等形。

喜欢在头髻上插装饰品：有鲜花和假花（牡丹，桃花，石竹花，栀子花，荼蘼花等），有花钿珠翠和金石钗簪之类。插花显得娇媚可人，插珠翠则显得华贵逼人。在壁画和仕女画中还可以看到满头插栉（梳子）和插多枚花钿的形象。

面若桃花

唐代女性面部的妆容非常浓艳、华丽。一般有七个步骤。（见周汛、高春明《中国历代妇女装饰》141 页图）

脂粉：先薄施铅粉，然后抹胭脂（今天的化妆则在上粉之前先用化妆水、润肤液、隔离霜）。有桃花妆、酒晕妆、飞霞妆等美艳妆名。胭脂晕品有石榴娇、嫩吴香、圣檀心、露珠儿、媚花奴等娇俏的品名。此外还在额上涂抹黄粉，叫额黄。

画眉：唐人对眉毛是极重视的（与今天重视眼睛不同，唐人没有画眼线、上眼影、涂睫毛膏这些步骤），其他妆饰可以不施，唯有眉是非画不可的，画眉几乎成了化妆的代名词。眉型多种多样（见《中国历代妇女装饰》131 页），大致可分为阔眉（蛾眉）和细眉（柳眉）两种。

花钿：又叫花子，媚子。是将各种花样贴在眉心的一种装饰，红色居多。花子的来历，一说起于南朝宋武帝之女寿阳公主，她一日倦卧在殿庭屋檐下，有一朵梅花飘落在额上印出了花瓣形状，洗都洗不掉。宫人们竞相仿效，制成花子贴面，这种花子叫“梅花妆”。一说是唐代上官婉儿所创，她触怒武则天，在额上留下伤痕（一说为黥迹），后来用花子掩饰。不论起源究竟如何，反正“满面纵横花靥”（花靥是花钿和面靥的合称）是唐代的时尚。前人一向认为奢靡，也有人认为不美，但是这种张扬而直截了当的审美意识，与今天“有妆若无妆”“盛妆似素颜”的简约低调相比，似也有一番爽快天真。

面靥。点在双颊酒窝处，形状像豆、像桃杏、像星、像弯月等。多用朱红色，也有黄色、墨色。

斜红。描在太阳穴部位的红色装饰。一般是月牙形的，有的却残破如伤痕，甚至还故意用胭脂在下面加晕血迹的。这和这种妆饰的来历有关：三国时魏文帝曹丕宠爱宫女薛夜来，一日薛不小心撞伤面颊，流血不止，伤愈后仍留下两道伤痕。但文帝对她宠爱依旧，其他宫女为了邀宠，纷纷仿效，于是演变成了斜红。

点唇。即所谓“朱唇”，与今天的涂口红相同。元和以后，一度流行涂成黑色，就是白居易《时世妆》中讽刺的“乌膏注唇唇似泥”，这和当时的消极萎靡的社会精神面貌有关，用今天的话说就是，受世纪末情绪影响，流行色彩灰暗妆容颓废的时尚。

叮叮当当，衣袂飘香

除了头面，还有条脱（臂钏）、脚钏等。关于条脱，有个趣闻，唐大中年间，一天宣宗闲暇赋诗，诗中“金步摇”三字找不出合适的词来对，温飞卿随口说出“玉条脱”，十分工整。至于白居易“绿鬟富去金钗多，皓腕肥来银钏窄”，是当时阔商太太的写照。这些和今天的臂饰、手镯、手链都非常相似。

用香熏衣（效果应该不亚于香水）。据说熏衣的方法有两种，一种是用“湿香”，就是将沉香、白檀香、麝香、丁香、苏合香、甲香、甘松香等，用蜜和成丸，装在瓶里，埋入地底二十天，然后拿出来熏衣。另一种是用藿香、零陵香、丁香、甘松香等，制成粉剂，装在用绢做的袋子里，再放到衣箱里。随身还带香囊等物。

甚至有各种口香丸，含在口中防止口臭，如用豆蔻、丁香、当归等碾成粉末，然后用蜜和成的口香丸。类似今天的口香糖。

（六）时尚领袖杨玉环

终于，我们要来说说那个女人了。没有谁像她，在传说中美艳倾国，可是形象却始终似真似幻；没有谁的恋情像她那样会引起惊天动地的战乱；更没有哪个女人要承担这份罪责而被自己的恋人赐死；更没有谁连死后都还有许多死而复生的传说流传不休……

花早就谢了，暗香却留了千年。这个女人，叫杨玉环。

长安是时尚发源地，长安要看宫中，而宫中的审美好尚，统统要看杨玉环。她，其实是大唐第一时尚人物。

示范作用。她的入宫受宠，使女性身材的时尚标准从“丰肌秀骨”变成了真正的“丰肥”。关于杨玉环是否推动了这一时尚，历来有不同意见。赞成者认为正是玄宗对她的专宠，使得这个风气成形；反对者指出，在唐墓出土的壁画和陶俑中年代早于杨玉环入宫前的人物就已经“发胖”了。

也许不能说杨玉环一个人决定了“唐尚丰肥”，但是她以丰艳之美及时登场，无疑是对这个标准起了推波助澜的作用。

她不但引领当时时尚，而且对中国人审美趣味的影响至今犹存。她因为胖而脸上生出红晕，宫女们仿效那种效果，形成了新的妆容——泪妆。她触怒皇上被送出宫时，剪了缕头发让人交给玄宗，说是只有这发肤是自己的东西，可以留作纪念，后世遂有剪发送给情人的做法。

服装和装扮。用今天的眼光，比起要她为安史之乱负责来，让她对宫廷奢侈之风负责，要公平得多——她不但享有皇帝拨款的每月十万胭脂花粉钱（如此豪华的美容专款），宫中还专设有贵妃院，集织锦刺绣、雕刻熔造工匠千人，来为她服务。据传她的首饰盒“大如缶，外砌之以杂宝，内托以上金”。

关于她的细节，往往充满了强烈的时尚意味。有一次宴会，风吹起了她的帔，吹到了大臣的头上（那么轻薄飘扬的帔）；她用义髻（假发）来制造高而华贵的髻，那云鬓之上还插着金步摇……

爱好和享受。她跳《霓裳羽衣舞》；她不避嫌疑吹宁王吹过的紫玉笛；她养宠物，有鹦鹉（其中一只是白鹦鹉，她给它取名雪衣娘，教它诵《多心经》），还有白猫（好在皇上与人下棋将要输了的时候，弄到棋盘上乱了棋局）；她在宫中竖起秋千，令宫女们玩，以为宴乐（皇上称之为“半仙之戏”）；让玄宗和她各带一队太监、宫女，以彩旗对阵（所谓风流阵）；她在华清池出浴（这样盛大的 SPA 啊）；她心情不好时喝闷酒（这就是“贵妃醉酒”）；她爱吃荔枝，要在短短的赏味期限内用特快专递送来（没有飞机，用的是快马）……

美态，或者个性。仅仅是美女，肯定不会如此专宠，而且持续那么长时间。同时的梅妃是苗条的，证明唐玄宗也不是只爱丰腴。即使皇帝的口味如此褊狭和浅薄，如何解释历朝历代的传奇、诗歌、戏剧无休无止的对她的偏爱？

杨贵妃的胜利很可能是一种美态的胜利。她慵懒，吃醋，赌气，撒娇，贪吃，爱玩，还有醉态，甚至有出浴（是否算东方的“维纳斯诞生”?）生动，娇媚。也可能在于她有个性，敢于赤裸地表达自己的情感，敢爱敢恨，即使丈夫是至高无上的皇帝也不低三下四、委曲求全。

死亡。就连她的死，也仿佛贴着时尚的标签。白居易说：“花钿委地无人收，翠翘金雀玉搔头”，香艳，凄凉。民间的童谣则唱道：“义髻抛河里，黄裙逐水流”(天宝末童谣)。不知道是惋惜，还是嘲笑，但是对她的华贵时髦总归也是承认的了。

作为政治人物的杨玉环是完全失败的，作为女人的杨玉环也留下了绵绵遗恨，唯有作为一个时尚领袖，如此登峰造极，在某种意义上生于时尚，死于时尚，而且至死光鲜美丽，应该算对天下尽职，于自己无憾了。

（七）骨感？迷了本性！

由杨玉环，自然会想到另一极端：骨感美人。在中国，最近二十年，骨感突然成了重要的甚至首要的审美标准。女性们即使没有在行动上陷入减肥、瘦身的狂潮之中，也在意识上感受到这种压力。

要瘦，再瘦，再瘦！腰越细越好，脸越小越好，所谓的纤纤细腰和喀麦拉脸（指小而瘦削、上镜比真实好看的脸）成了审美重点。“巴掌大的小脸”成了莫大的优点，仿效的目标。

农耕文明发达的国度，不可能自发地把瘦骨嶙峋当成美。“芦柴棒”“皮包骨头”“豆芽菜”，这种带着明显贬义和怜悯的词汇，反映的正是这样一种长期的意识。上海二三十年代的月份牌美女，也是圆圆脸蛋、身材纤秾合度，没有一个是骨感的。

这种审美的源头是19世纪晚期的西方，对身体的控制成了中产阶级的兴趣所在，脂肪成为众矢之的，随之而来的就是我们今天已经熟知的一切：节食、运动、减肥药品、塑身内衣和外科手术。

女性被一种不近情理的标准折磨着：腰要细，腹要平，唯独胸部要挺拔丰满，以便达到所谓的“魔鬼身材”。模特儿、影视明星、时装设计者共同制造出一个过瘦的细长的榜样，那种榜样和普通女性之间差距很大，导致了普遍的体型焦虑和自我厌恶。几乎所有的女性都认为自己的身体有缺陷或者丑陋之处，常提到的是腹部、臀部、大腿、乳房、脸及上臂……

手术致死致残可能还是个别的例子，但厌食症、运动过量、精神问题却已经威胁着女性的健康。至于体重计上永远难以达到的数字，使多少女性失去了欢笑。减肥啊，多少罪恶假汝之名而横行！

正是认可他人制定的标准，对许多女性的自信、自由、自在构成了巨大威胁。而自信、自由、自在正是唐代女性时尚中最健康、最人性的内核。

今天的许多女明星，若是在唐代去选美，肯定因为面尖肌瘦而“永不录用”，而且那种骨感，会被当成一种不健康、不高贵、让人怜悯的外表。

腰细为美，从人类学的角度据说是为了证明自己没有怀孕，或者未曾生育。那么，如此排斥成熟女性美，一味迷恋少女纤细美，究竟是一种痴迷，还是一种幼稚？如果不能接受生命每个阶段的美，如果女性为人妻为人母，却要在体型上拼命抹掉这个事实，真是太虚伪、太不人性了。

所谓小脸上镜，不是为了在日常生活中显得美，而是为了在镜头中的幻象。那种强烈的为了被观赏而牺牲真实的倾向，其实是不必要和缺少尊严的。镜头之外的健康和舒展，“我就是我”，永远比“看上去很美”更重要。

无休无止的减肥、瘦身、瘦脸真是一种“迷了本性”。忘记了在我们的国度，上一次大面积饥馑仅仅过去了四十多年，如果举国瘦身成功，会不会像一片穿着时装的饥民的海洋？忘记了我们是中国人，丝毫没有必要对西方的审美眼光进行可悲的“附庸时尚”。忘记了就在辉煌的大唐，女性曾经可以那样堂堂正正地舒展自己的身体，为所欲为地纵容自己的体型，可以丰满、壮硕、大气、开朗，充满了有趣的圆弧的感觉，而不是像今天这样都是尖锐的锐角，细细的线条，薄薄的分量。

为什么不能大声说——丰腴就是美？美本来就是多样的，你有你的骨感，我爱我的丰腴！

盲目认同别人的狭隘观点，往往是可笑的。就像有的中国影星，明明学了几年的英语，一旦出现在奥斯卡颁奖典礼上，还是带着一种难以言传的生硬和慌乱。因为，那是无根的。母语是这样，美感也是。

想起唐人所谓“风颊厚体”之美，以及史书对武则天“方面广颐”的描写——对那种饱满大气的美的崇尚已经久违了，而许多人也许都只不过是中了“时尚”的毒、迷了本性。

突然又想起，从画上看，唐代女子无论站还是坐都是重心向后，放松而怡然，好像四周都是鸟语花香，不像现代女子重心向前，满身匆忙的硝烟味道。这不是因为她们穿平底丝履而今天可能穿高跟鞋，是因为那种自信而从容舒缓的心态。那种心态，快节奏、高压力的现代女性是否已经陌生？

结束语：美与活力

有学者指出：“唐代的美学特点，风气性质很显著，风动于都市，而声闻于四野，弥散力、扩散力很强，同时，变化迅速，往往才领风骚，旋即更替，否定性十分强烈。”（吴功正《唐代美学史》）这非常符合现代时尚的特点。

水穷云起，时不我待。风云变幻，稍纵即逝。长安不断发布时尚新信息，四面八方爱美的女性不断领会、不断追随。

唐代的精神，就是要不负此生，尽情尽性。唐代女性的时尚，正是符合这个大的时代精神。

今天的女性也有穿男装的。但是那些一身男式西服配领带的“律政俏佳人”，如果知道唐代女子勇于参政议政，该做何感想？而那些全套动感装束，打网球、高尔夫的“霹雳娇娃”，如果知道唐代女子流行打马球，骑马飞奔、风回电激，甚至还有马上反身击球的惊险动作，会不会自惭不如？

只看到“万国衣冠拜冕旒”，看到争爱浓艳高格调，更描风流时世妆，是远远不够的。

不能忽略了作为主体的女性本身，她们身上喷薄而出的生命活力。那是与“激荡江河、繁殖走兽、催树生花、驱星闪烁之自然伟力”可以相比的力量。

（原载《中国国家地理》）